COLLECTION FOLIO

Paul Fournel

Les petites filles respirent le même air que nous

Gallimard

Paul Fournel, né en 1947 à Saint-Étienne, a notamment publié des nouvelles – *Les grosses rêveuses, Les athlètes dans leur tête* (Bourse Goncourt 1989) – et des romans : *Un rocker de trop, Un homme regarde une femme*.

Pour Martine, ma sœur, qui m'a appris ce que petite fille veut dire et pour Anne, sa fille, qui me permet de réviser.

Il faut se méfier des histoires trop longues. La plupart du temps, elles sont inventées.

Marcel Morin

La réponse

Elle avait essayé le côté gauche, le côté droit (celui de son cœur), elle s'était mise à plat ventre, elle avait embrassé son oreiller, elle était sur le dos les deux yeux grands ouverts ; plus ouverts encore qu'en plein jour, lui semblait-il. Elle tenait les mains croisées sur la poitrine. Entre les rideaux, passait une barre de lune qui coupait son lit en deux et touchait à peine celui de Thérèse, sa sœur. Elle dormait, elle. Chaque fois qu'elle inspirait, le coin du mouchoir à carreaux qui lui servait à dormir et à pleurer venait se coller un instant sur ses lèvres. Lorsqu'elle expirait, il flottait comme une algue.

Au plafond, il y avait douze roses par rangée, sauf vers la cheminée où il n'y en avait que dix ; au-dessus de la porte il n'en rentrait que deux. Le miroir de la coiffeuse s'était légèrement incliné et l'on n'y voyait que le parquet.

Madeleine rejeta le drap et les couvertures. Elle s'assit sur le bord du lit. Ses pieds cherchèrent un instant ses chaussons sur le tapis puis renoncèrent. Elle se leva. Sa longue chemise de nuit de fil blanc, qui était remontée jusqu'à sa taille, lui tomba aux chevilles. Elle fit un pas. Son pied eut froid et la latte du plancher craqua. Thérèse tourna la tête du côté du mur et Madeleine se dirigea vers la porte.

On ne la fermait jamais complètement pour que la lumière du couloir puisse filtrer et servir de veilleuse. Elle la poussa. Le couloir mesurait quatorze pas jusqu'à la porte d'entrée et huit seulement jusqu'à la porte du salon. Il était plongé dans le noir complet. Il y avait la console du téléphone à éviter à droite et la petite commode de grand-mère un pas et demi plus loin à gauche. En marchant bien au milieu du tapis, il ne devait pas y avoir de problème.

Madeleine n'avait pas vraiment peur. Elle en était étonnée elle-même, et peut-être un peu déçue. Elle s'imagina un loup-garou derrière la console et un très méchant homme près de la porte, mais elle ne s'arracha pas un frisson et elle n'eut envie ni de chanter, ni de courir.

Une petite lumière douce, légèrement orangée filtrait sous la porte du salon. Elle la poussa à peine et jeta un coup d'œil à l'intérieur : la tante Marthe ronflait dans un fauteuil crapaud, la tête renversée en arrière et la bouche ouverte. Elle était toute décoiffée. Elle ne se réveillerait pas.

Madeleine ouvrit franchement et entra. L'odeur n'était pas la même que dans le couloir. On aurait dit qu'un bébé avait vomi le matin et que l'on avait oublié d'aérer. Cela sentait aussi la bougie, une odeur douce, chaude, avec un petit peu de brûlé par-dessus. Jamais Madeleine n'aurait pensé que d'aussi longues bougies puissent fondre aussi vite. La cire dessinait des coulures tarabiscotées le long des grands bougeoirs et les clouait sur le parquet.

La pièce avait des couleurs, des ombres et un désordre qui lui rappelaient Noël. On ne reconnaissait plus vraiment la maison. Elle contourna un des cierges — le mouvement de sa chemise fit vaciller la flamme — et s'approcha du cercueil.

Elle tendit ses doigts dodus vers le visage de la morte. Doucement, elle les fit glisser sur l'arête du nez devenue plus aiguë, doucement, elle dessina de l'index le creux des joues, doucement, elle appuya sur les paupières closes et enfoncées.

Elle s'appliquait, le visage calme et concentré. Elle caressa les cheveux, traça la courbe de l'oreille. Ses gestes étaient plus précis que doux.

Pour jouer, elle pressa un peu sur la tempe. Le corps était devenu dur comme du bois. Elle appuya encore un peu plus fort. Le bout de son index se replia en arrière. Elle appuya encore.

Autant de raideur et d'immobilité était une provocation. Elle pinça les lèvres, fronça les sourcils et ferma le poing pour taper. Elle espérait provoquer par sa violence un peu de vie en retour. Elle n'obtint qu'une plaque rouge, bleuâtre, blafarde, juste devant l'oreille, qu'elle cacha à la hâte avec une mèche de cheveux. Le corps n'avait pas bougé et c'est à peine si le cercueil avait glissé de quelques millimètres sur ses tréteaux.

Les commissures de ses lèvres s'abaissèrent, son menton se plissa, son nez se pinça mais elle rejeta la tête en arrière, renifla un bon coup et ne pleura pas.

Elle prit quelques pas de recul, vint se replacer devant le cercueil et découvrit ce qui clochait. Sa mère avait toujours détesté cette robe dont tante Marthe l'avait affublée. C'était une vilaine robe de dentelle noire montée sur un fourreau de satin avec un col rond.

« Je ne peux pas bouger quand j'ai ça sur le dos », disait-elle toujours.

Madeleine aussi détestait cette robe de toutes ses forces. Les trois ou quatre fois où sa mère l'avait mise quand même c'était pour sortir et rentrer tard.

Elle fila à la cuisine.

Le carrelage était glacé, elle sentait le froid remonter sous sa chemise jusqu'à ses genoux. Elle décrocha le tablier et décida de faire vite parce qu'elle sentait qu'elle n'allait pas tarder à avoir envie de redormir.

Tante Marthe est venue leur parler. Thérèse se coiffait et Madeleine, à plat ventre sur son lit, lisait une aventure.

Tante Marthe les a fait asseoir côte à côte sur le lit de Madeleine, elle s'est assise sur la chaise de la coiffeuse, juste en face d'elles. Genoux contre genoux. Dans ses deux grandes mains, elle a réuni les quatre leurs, petites.

Distraitement, en parlant, elle les caresse. Distraitement encore, elle gratte avec l'ongle de son index, qu'elle a long et rouge, une petite saleté sur le dos de la main de Thérèse. La saleté résiste, c'est une tache, et elle insiste machinalement.

Cela agace Thérèse qui a envie de reprendre sa main pour la serrer entre ses cuisses.

— Écoutez-moi. La vie risque de ne pas être facile tous les jours. Je ne pourrai pas être près de vous sans arrêt. J'ai mon travail...

— On est riches ?

— Vous avez de quoi manger, de quoi boire, de quoi payer le loyer et aller à l'école.

— S'habiller ?

— S'habiller aussi.

Le croque-mort est revenu ce matin. Toujours bon acteur, toujours déguisé en noir, mais son col blanc était douteux.

Thérèse s'est bien appliquée. Elle n'a pas regardé Madeleine pour ne pas pouffer de rire, elle a écouté toute la conversation autour de la table de la salle à manger, elle a hoché la tête chaque fois qu'elle comprenait.

Lorsque le croque-mort est parti, elle a dit à sa tante :

— Heureusement que nous avons de l'argent.

— Est-ce que nous sommes veuves, nous aussi, maintenant ?

Depuis trois jours, pas d'école. Par la fenêtre, Madeleine regarde ses amis rentrer chez eux. Il pleut.

Elle sait que dès lundi matin elle devra retourner au travail. On est venu lui apporter ses devoirs. Il n'y a qu'une fiche à remplir et elle le fait sur la coiffeuse.

Son classeur est ouvert sur le lit. La fiche est devant elle et elle se regarde dans la glace.

Il n'est pas très tard encore, mais elle a dû

allumer la lampe à abat-jour orange. Placée comme elle est, elle ne peut même pas voir la couleur de ses yeux. Elle mâche son stylo-bille.

Dans la cuisine, tante Marthe s'affaire. Elle prépare le dîner. Madeleine aime être seule dans sa chambre et entendre les bruits de la maison. Elle laisse toujours la porte entrouverte. Elle devine chaque geste au simple frottement d'un chiffon, au glissement d'une pantoufle, à l'écho d'une casserole.

La fiche est facile à faire.

Madeleine se laisse aller en arrière sur le dossier de la chaise et remonte les genoux qu'elle encercle de ses bras. Elle ferme les yeux et tourne le visage en direction de la lampe. Elle ne voit que de l'orange. Elle a chaud.

D'abord, elle n'a rien senti et puis, d'un coup, elle s'est rendu compte que quelque chose était en train de cuire. Elle laisse l'odeur s'installer un peu. Elle aime deviner pour se préparer à avoir faim.

Elle garde les yeux fermés pour sentir mieux, mais rien ne vient. Déçue, elle finit la fiche très vite et se lève.

Dans le couloir, elle pose machinalement la main sur la porte du salon soigneusement fermée et qui reste d'ordinaire toujours grande ouverte, renonce à entrer et passe.

Elle s'arrête sur le seuil de la cuisine.

Tante Marthe est assise à la table et découpe un morceau de viande. Elle tourne le visage dans sa direction.

— Qu'est-ce qui est en train de cuire ?

Madeleine a l'air si sérieux que sa tante répond gravement.

— C'est une ratatouille.

— Ça ne doit pas sentir comme ça une ratatouille.

— Mais si.

— Je ne mangerai jamais une ratatouille comme celle-là.

Et elle éclate en sanglots.

Madeleine a pris Boubal, son ours, et l'a assis dans l'encoignure de la porte. Elle s'installe devant la coiffeuse. C'est le bureau de la maîtresse. Dans la glace, elle peut se regarder faire la classe et c'est très bien. D'ordinaire, elle réunit toutes ses poupées et toutes celles de Thérèse, mais ce n'est pas vraiment le moment. Il faudra aussi qu'elle fasse attention à ne pas élever la voix. De toute façon, Boubal est un élève sage et elle n'aura pas à crier.

Elle étale ses papiers, range par ordre de taille ses crayons et demande le silence.

Elle regarde sa classe, se regarde furtivement en train de regarder, corrige la position et commence :

— Aujourd'hui, nous allons parler d'une chose nouvelle : la mort des mamans.

Et puis il y eut une autre nuit. Celle où la tante, terrassée par la fatigue, s'était étendue dans la chambre; celle où Madeleine avait prévu de se lever et avait enfilé en se couchant des chaussettes de laine.

Elle n'avait tremblé ni de terreur, ni de froid, ni de colère. Elle était venue poser une question et elle attendait une réponse.

L'odeur était un peu plus forte, encore plus fade. On avait tenu la porte fermée tout le jour. La morte était un peu plus grise, son visage était plus creusé.

Madeleine alluma le lampadaire de peur que les bougies ne s'éteignent. Elle cilla un instant sous la lumière.

Elle tira une chaise près du cercueil, s'y agenouilla et parla. Elle parla à sa mère, comme elle parlait à ses poupées, comme on parle à un enfant, comme sa mère lui parlait à elle. Elle parla jusqu'à avoir mal aux genoux, jusqu'à être envahie par les fourmis. Elle câlina, elle se dorlota. Elle se laissa même aller à dire des choses qu'elle s'était juré de garder secrètes. Quand on commence à dire ces choses-là, c'est que l'on a fini de parler pour soi-même et que l'essentiel est de se faire entendre. Sinon à quoi bon ?

Lorsque sa propre voix ne suffit plus à remplir le silence de la pièce, elle se mordit l'intérieur des lèvres à en hurler.

De dessous sa chemise, elle tira sa trousse d'écolière qu'elle avait passée dans l'élastique de sa culotte.

Elle fit glisser la fermeture. Elle sortit une épingle de nourrice qu'elle ouvrit et tordit.

Elle s'appliquait trop, comme si, sans le faire vraiment exprès, elle souhaitait gagner du temps.

Elle se piqua l'extrémité du pouce, fronça les sourcils et suça la goutte de sang rouge qui perlait.

Fermement, elle prit l'aiguille entre le pouce et l'index de la main droite.

Son regard se porta sur une des moulures du plafond, s'y fixa. De toutes ses forces elle piqua le cadavre. L'épingle rebondit et tomba au fond du cercueil.

Madeleine cria puis se contracta en guettant les bruits. Ce n'est que lorsqu'elle fut sûre que personne n'avait entendu qu'elle regarda. Elle ne put même pas voir la trace de la piqûre.

Ses joues se creusèrent, son regard se durcit, sa bouche se resserra, son front se rida.

Elle fouilla dans la trousse et en sortit un miroir de poche ovale encadré de fleurs, l'approcha de la bouche de sa mère.

Elle pencha la tête, l'appuya contre le rebord du cercueil pour mieux voir.

Pendant quelques secondes elle espéra une buée, une onde, un rêve. Une mèche de cheveux noirs lui tomba devant les yeux.

Elle se redressa, hors d'elle.

Elle remonta le miroir de quelques centimètres et parla entre ses dents.

— Regarde-toi. Regarde-toi... Tu me fais honte... Je te déteste.

La maison est silencieuse. Elles sont toutes les trois dans la salle à manger autour de la table ovale. Les deux filles d'un côté et tante Marthe de l'autre.

D'ordinaire, c'est l'heure gaie, il fait chaud, on a faim, les devoirs sont finis. C'est l'heure où l'on se raconte et la télé dans le salon marche déjà. On prend son temps et on se hâte, c'est plein. Maintenant, la télé ne marche plus, forcément, et on a peu à se raconter ou on fait semblant de n'avoir rien à dire de peur de briser cette espèce de cocon noir obligatoire. Madeleine hausse les épaules.

La table est blanche. Sous la nappe brodée, on sent le caoutchouc de protection. Il étouffe le bruit des couverts. Les serviettes sont blanches, les assiettes sont blanches comme la soupière et dedans il y a un potage de vermicelle au lait.

Tante Marthe a allumé le lustre. Il était resté éteint depuis des années. Son nez fait une ombre qui lui coupe la bouche en deux. Madeleine essaie de savoir si le sien en fait autant. Elle n'y parvient pas. Elle louche; Thérèse hausse les épaules et lève le petit doigt en prenant sa cuiller. Elle tient déjà plus de place sur sa chaise qu'il y a deux jours.

Sans le faire exprès, Madeleine a fait du bruit en avalant une cuillerée de potage. C'était chaud. Elle sait que sa tante a horreur de ça. La tante ne bouge pas. Ses yeux sont fixés sur le mur au-dessus de leurs têtes. Automatiquement, elle mange. Sans regarder, elle plonge sa cuiller dans l'assiette, en essuie le dessous sur le rebord et la porte à sa bouche.

Pour voir, Madeleine fait encore un peu de bruit.

La tante prend la serviette sur ses genoux et se tamponne les lèvres.

Madeleine place sa cuiller à quelques millimètres de ses lèvres et aspire. Les vermicelles se bousculent, un peu de lait coule sur son menton. Elle lève les yeux.

Lentement, très lentement, tante Marthe laisse descendre la cuiller qu'elle vient de vider. Elle la pose sur le bord de son assiette. Son regard est toujours fixe mais elle a comme un sourire. Madeleine fronce le nez.

— Lorsque nous avions votre âge, votre mère et moi, nous nous étions fait offrir la même robe à fleurs avant de partir ensemble en vacances à Deauville. Elle...

Madeleine et Thérèse se regardent.

Au moment où des hommes vinrent fermer le cercueil, Madeleine refusa d'embrasser le corps de sa mère. Thérèse le fit du bout des lèvres, sans envie.

La cérémonie avait été interminable. Jolie parfois, surtout quand il y avait de la musique, mais interminable. Chaque fois qu'on l'avait invitée à se lever, Madeleine avait cru que c'était pour partir et chaque fois un autre discours avait commencé. Le curé avait parlé un tout petit peu de maman et un petit peu d'elles aussi. Là, elle avait écouté. Mais il n'avait rien dit de nouveau, rien qu'elle ne sût déjà.

Thérèse se balançait sans arrêt d'un pied sur l'autre. On était allé acheter des habits à la hâte et la bride de sa chaussure serrait sur le dessus. Tante Marthe était toujours impatiente et énervée. Pendant la messe, elle n'avait pas arrêté de pleurer en s'appuyant sous le nez avec sa pochette. C'était pour ne pas trop se démaquiller non plus.

L'église était très haute et très froide. Elle sentait le glacé, le vide et le parfum. Au premier rang, l'odeur des fleurs et des cierges brouillait tout. On avait mis le cercueil au milieu et les gens défilaient pour le bénir en l'arrosant. Tante Marthe avait pris Thérèse à gauche et Madeleine à droite et elles étaient allées se poster près des derniers bancs, en face de la sortie.

Madeleine aurait bien aimé avoir une glace pour se voir. C'était la première fois qu'elle portait une jupe plissée et une jupe noire. C'était la première fois aussi qu'elle portait quelque chose sans même avoir eu le temps de se regarder.

Le défilé commença.

Toutes les spectatrices et tous les spectateurs venaient l'un après l'autre les embrasser. Elle les connaissait tous.

Sa jupe lui arrivait juste au-dessus du genou, elle aurait bien aimé voir, mais chaque fois qu'elle se baissait elle faisait descendre le devant et elle ne pouvait pas vraiment se rendre compte.

Ils l'embrassaient tous et ils éprouvaient tous le besoin de la serrer un peu plus fort que d'habitude. Une lui serrait le bras, l'autre lui pressait la nuque, une autre lui appuyait dans le dos. Cela devait sans doute avoir un sens.

La jupe était toute simple, toute droite avec des petits plis. Pour Madeleine, ces jupes-là étaient des jupes anciennes. Des jupes comme on en voyait sur des photographies. Elle se sentait une vieille vieille petite fille.

Tante Marthe pleurait toujours et Thérèse, de l'autre côté, s'appliquait. Elle se frottait de temps en temps le pied gauche derrière le mollet droit.

L'homme s'approcha de Madeleine. Elle ne l'avait jamais vu celui-là. Il la prit sous les bras et la leva comme une plume. Il l'embrassa sur le nez avec un grand sourire, la reposa et partit sans rien dire.

En redescendant, Madeleine sentit que sa jupe faisait le parachute.

« C'est une jupe qui tourne », pensa-t-elle.

Elle n'en avait jamais eu. Elle en avait *vu* tourner mais elle n'en avait jamais *fait* tourner.

Elle écarta la dame qui s'approchait, traversa la file de ceux qui attendaient leur tour et se mit à tournoyer dans l'allée centrale. La jupe tournait bien.

Madeleine accéléra le mouvement, la jupe monta, monta jusqu'à ne plus faire qu'une couronne au-dessus de sa taille.

Prise du vertige de tourner et de montrer à tout le monde sa culotte, Madeleine se mit à sourire.

Elle tourna, elle tourna. Au moment du déséquilibre elle sentit qu'elle allait s'envoler. C'était ce qu'elle souhaitait le plus fort. Ç'allait être long, joyeux, féerique, elle était sur le point d'aller rejoindre le plus haut des plus hauts plafonds. Elle avait repéré la croisée de pierre sur laquelle elle s'écraserait. Elle la sentait déjà s'incruster dans son dos. Elle ferma les yeux.

Les pigeons

Magali vient se placer à son poste habituel au milieu du parc, à la croisée des deux allées sablonneuses principales, de là où l'on peut découvrir les quatre portails d'entrée et les quatre plus grands arbres.

Dans la main gauche elle tient le sac aux miettes.

Les premiers pigeons qui picoraient ici et là sautillent à deux pattes vers elle, d'autres approchent en vols brouillons, encore indécis.

Elle plonge la main droite dans le sac et lance les miettes autour d'elle : une poignée au nord, une à l'ouest, une au sud, l'autre à l'est. Les pigeons se ruent. Prévenus mystérieusement, ils surgissent de tous les coins du parc, demi-sautant, demi-volant. Ceux qui arrivent de loin atterrissent brutalement sur les premiers venus, battant des ailes, donnant du bec.

Chaque miette est une lutte.

La petite fille reconnaît ses fidèles, les gros gris voraces, les tachetés plus délicats, la pigeonne si fine et si claire qu'elle pourrait presque passer pour colombe, elle découvre même deux nouveaux marron venus des rues voisines.

Elle lance quatre poignées supplémentaires et laisse tomber d'autres miettes en couronne autour de ses pieds. Les oiseaux se précipitent.

Elle reste ensuite immobile au milieu de ses pigeons ; ils étaient vingt, puis trente, ils sont cinquante et dans deux minutes on en comptera cent. Elle observe et attend.

Avec les quelques miettes qu'elle a gardées dans la main droite, elle renouvelle discrètement la couronne autour de ses pieds. Les pigeons se pressent contre ses chaussures.

Sans crier gare, elle s'élance : deux pas en tapant fort de la semelle. Effrayés, ils s'envolent en nuage.

Elle ferme les yeux.

C'est d'abord le picotement des grains de

sable projetés sur les mollets, ensuite le bas de la robe soulevé par le vent des battements d'ailes, la caresse de l'air sur les bras et le visage, les cheveux qui se dressent, les frôlements et le cocon de bruit sec et soyeux avec çà et là un cri aigu. La grande crainte, le grand frisson. Le bonheur c'est d'être touchée par une plume, effleurée par un bec.

Ils sont montés au-dessus de sa tête puis se sont reposés à quelques pas.

Elle rouvre les yeux et sourit.

Immobile à nouveau, elle replonge la main droite dans le sac.

La crise

La porte de la salle de bains tourne à toute volée et claque. Le verre à dents sur la tablette, au-dessous du miroir, tremble, vacille et bascule. La brosse à dents rebondit dans le lavabo et le verre éclate sur le carrelage.

Clémentine s'enfonce l'index dans la bouche, fait une grimace, piétine les débris. Elle ressort le doigt, regarde. Une goutte de sang perle sous l'ongle retourné par la porte. Elle fait couler un filet d'eau froide. Le sang goutte dans le lavabo et se dilue.

Sans se retourner, Clémentine crochète de la pointe du pied droit le banc sur lequel elle se perche pour hausser son visage au niveau du miroir. Elle monte dessus. Les éclats de verre crissent sous les pieds de bois. Elle appuie les cuisses sur le rebord du lavabo et approche le nez à deux centimètres à peine de la glace.

Les socquettes de ce matin étaient de trop, voilà tout, et le col rond bien blanc par-dessus le pull bleu aussi, et les nattes, et les plis de la jupe, et les mocassins plats et le cartable. On patiente un an, deux ans, sept ans, huit ans et on explose ; même quand on est gentille sans effort et douce sans le faire exprès.

Elle prend entre le pouce et le majeur (l'index restera tendu jusqu'à ce que le sang s'arrête de couler) la minuscule petite brosse. Comme elle l'a vu faire à sa mère, elle crache sur la barrette de rimmel sertie dans la boîte en plastique, frotte la brosse pour bien l'enduire et se noircit les cils. Sa main tremble, la brosse touche la cornée, l'œil se met à pleurer. Elle continue.

Être vieille c'est dire en bâillant le matin « J'ai une sale tête » et sortir de la salle de bains peinte, radieuse et courageuse comme un guerrier indien.

C'est au tour du crayon noir, gras, dont la mine s'écrase. D'un seul trait, il couvre la paupière. Un gros trait à droite, un gros trait à gauche, un peu tremblé, on équilibre en reculant le nez, pour voir. Les orbites sont noires comme le charbon, profondes, lugubres, avec le blanc des yeux minuscules, loin au fond. C'est bien. Cinq ans de plus.

Être vieille, c'est ne plus porter de capuchon quand il pleut.

Rouge aux joues. Deux pastilles épaisses. Recul. C'est trop. Ça fait bonne mine et qui dit bonne mine pense petite fille et sous-entend campagne. On nuance avec un emplâtre de blanc qui remonte jusque sur les ailes du nez. Dix ans de plus.

Être vieille, c'est attacher ses cahiers et ses livres avec une ceinture.

Le bâton de rouge à lèvres. Elle choisit le

plus vif, entre l'orangé et le sang. Et elle tartine. Les lèvres s'enflent, s'étalent, envahissent le menton, soulignent le nez. Quinze ans de plus et ça suffit.

Être vieille, c'est avoir des bottines et pouvoir y cacher ses socquettes.

Les cheveux tombent sur les épaules en anglaises molles. Elle les empoigne et les crêpe sans douceur jusqu'à ce qu'ils rayonnent autour de son visage barbouillé. Recul. Elle ressemble à une sorcière.

Elle descend du banc.

Elle n'acceptera plus qu'on lui pose tendrement la main sur la tête, comme une toise.

Les éclats de verre grincent entre le carrelage et ses tennis.

Elle va jusqu'au placard où sa mère range ses vêtements. Par-dessus son pull, elle s'attache un soutien-gorge. Par-dessus encore, elle enfile une combinaison, puis une robe. Elle y flotte. Elle en passe une autre, puis une autre encore et par-dessus le tout, la robe en mousseline que sa mère met lorsqu'elle sort le soir.

La maîtresse : « Ma petite Clémentine. »

Le père : « Mon petit fruit. »

Les mordre.

Elle cherche les talons hauts, les bleus, les vernis. En gardant ses tennis, elle les tient juste. Un foulard blanc dans le tiroir de son père. Un coup d'œil dans la glace. En route.

Elle sera chanteuse, c'est un métier où on vieillit vite.

La porte de la salle de bains reclaque, les talons claquent sur le travertin du corridor, la porte d'entrée claque. Il pleut.

Elle prend la route du bord de mer. Elle marche. Ses talons se tordent, elle trébuche. Elle accélère. Elle marche.

La pluie lui colle les cheveux sur les joues. Elle regarde droit devant elle. L'eau trace des sillons dans son maquillage, des gouttes rouges, blanches et noires tachent le plastron de la robe.

Les tissus trempés lui collent à la peau. Elle écarte les mèches de cheveux. Elle a si chaud qu'au contact de la pluie d'été ses vêtements fument.

— Je marcherai, dit-elle entre ses dents, jusqu'à ce que les seins me poussent.

La clairière

Sans même y penser, elle mouillait le bout de son index sur le bout de sa langue et piquait, sur son assiette, des miettes de croûte de tarte. Elle n'avait plus faim et détestait les miettes, mais elle aimait mordre. Elle les craquait entre ses incisives avant de les laisser fondre dans sa bouche, sans impatience.

Il faisait chaud, malgré les volets fermés, malgré le courant d'air.

La grand-mère avait levé le bras pour repiquer une épingle dans son chignon, découvrant, sous la manche de sa blouse, une large auréole. Le grand-père s'était endormi devant son assiette dans laquelle séchaient les épluchures de sa pomme. Sa tête dodelinait et, chaque fois qu'elle menaçait de basculer en avant ou en arrière, revenait en place dans un brusque sursaut. Il avait la bouche ouverte et sa respiration sifflait un peu. La petite fille lui trouvait l'air très vieux.

Elle s'avança sur sa chaise pour décoller ses fesses du plastique. La pointe de son pied gauche toucha la carpette.

La grand-mère regardait le feuilleton.

La télé lui envoyait des lueurs bleues sur le visage. Son regard plongeait dans les images jusqu'au vertige. On était vers la fin de l'histoire et la jeune femme allait connaître le bonheur et surtout se faire embrasser sur la bouche. Adeline ne voulait pas voir ça.

Elle appuya les mains sur le rebord du siège et posa le pied par terre. Sa mule claqua sur le sol. Inquiète, elle jeta un regard sur sa grand-mère mais la vieille était trop occupée pour lui faire remarquer qu'elle avait laissé le trottoir de sa tarte dans son assiette. Elle jeta quand même un dernier coup d'œil sur l'écran au cas où le baiser serait déjà là et sortit de la pièce.

Depuis toujours on suspendait les tabliers au clou derrière la porte de la cuisine, c'est là qu'elle mit le sien. Dans le couloir, près du tapis, elle quitta ses chaussons et enfila ses tennis. Les lacets étaient restés attachés et elle écrasa le contrefort pour les chausser sans se baisser. La porte était lourde à ouvrir, il lui fallait toute la surface de sa main pour tourner la grosse poignée.

En tirant, elle se jeta un rapide coup d'œil dans la glace, derrière le portemanteau. Ses cheveux blonds étaient si courts qu'ils ne se décoiffaient jamais, mais l'effort qu'elle avait fourni pour enfiler ses chaussures lui avait rosi les joues. Elle rougissait pour un rien.

La porte grinça en frottant sur le carrelage.

— Où vas-tu ?

— Je reviens.

Elle ferma les yeux, éblouie, et resta un instant immobile sur le perron. L'air qu'elle respirait lui chauffait la gorge et de la route montait une terrible odeur de goudron. Elle rouvrit les yeux. La place du village était déserte. Le soleil découpait tout en tranches nettes et presque tous les volets étaient tirés. Le monde entier attendait le baiser. L'héroïne allait tomber dans les bras du héros, leurs lèvres allaient se rencontrer et tout le monde, soulagé, irait faire la vaisselle. Ce qui se passerait à l'intérieur de leurs bouches resterait un secret.

Par la porte ouverte du café, on entendait la musique du film.

Adeline tira un petit coup sur sa robe pour la décoller de ses fesses et traversa la place. Le goudron retenait ses pieds. Elle se sentait devenir moite et avait peur de n'être bientôt plus qu'une énorme auréole ruisselante.

Dans la musique, maintenant, on entendait surtout les violons.

Elle escalada deux marches du parvis de l'église pour avancer un bref moment à l'ombre. En passant, elle regarda à l'intérieur. Il n'y avait personne mais elle reçut une bouffée de fraîcheur et d'encens froid.

Une voiture était garée devant l'entrée du petit chemin qui longeait l'église et menait à la forêt directement sans avoir à passer par le marché. Pour franchir l'obstacle, elle prit appui sur le mur et sur la carrosserie. Pieds joints, elle sauta par-dessus le pare-chocs.

Ce petit chemin s'enfonçait entre deux murs, celui de l'église à gauche et celui de l'ancienne fabrique à droite. Il avait quatre-vingts centimètres de large et pendant l'été le chiendent et les orties l'envahissaient, ne laissant plus qu'un mince passage de terre piétinée.

Au début, Adeline marcha posément, en zigzaguant juste ce qu'il fallait pour ne pas se piquer les mollets. Puis avant la moitié du parcours, elle serra sa robe devant elle pour ne pas risquer de l'accrocher et se mit à courir. Elle n'avait encore jamais pu marcher d'un bout à l'autre de ce passage. Les orties la piquèrent, le chiendent la fouetta, elle s'essouffla, elle sua. Sans doute n'aurait-elle pas dû prendre deux fois de la tarte.

Au bout du chemin, c'était déjà presque la forêt ; du moins voyait-on déjà les premiers arbres au-delà du pré.

Elle déboucha, haletante. Elle s'arrêta pour reprendre souffle et se rassurer d'une bouffée d'espace.

De là, elle n'entendait plus la musique. Le baiser était sans doute consommé. Elle n'entendait pas non plus couler l'eau dans les éviers et cliqueter les couverts.

Plusieurs fois, elle inspira longuement. L'air chaud, chargé d'herbe, de feuille, d'écorce et de terre lui donnait le vertige. Elle baissa les paupières.

Elle bondit de surprise parce que Pataud l'avait retrouvée et se frottait contre son mollet au mauvais moment : celui où elle ne s'y attendait pas. Elle le chassa du pied et se gratta la jambe. Il revint en jappant. Il s'assit devant elle, la langue dégoulinante et le souffle court.

— Va-t'en, dit-elle.

Il jappa encore et resta.

Vaincue, elle s'accroupit et le gratta sur le flanc. Il redressa la tête, sa peau fit une longue vague de plaisir. Son poil était chaud. Il tendit la truffe pour lui lécher la main, elle le repoussa.

Lorsqu'elle se redressa, son petit vertige était fini mais la sueur lui coulait dans le dos ; elle ouvrit le col de sa robe, tenta vainement de la défroisser et partit vers la forêt, Pataud sur les talons.

La forêt sentait bon. C'était une forêt de transition avec des pins déjà et des chênes encore. Par terre, il y avait de la mousse et aussi quelques pierres. Adeline était là chez elle, dans les odeurs de sève et les caresses de fougères, elle connaissait tous les sentiers, tous les taillis, tous les passages. Chaque buisson lui était une tendresse.

Dès qu'elle atteignit l'ombre, elle se sentit mieux, ralentit l'allure et prit d'un pas résolu son itinéraire secret.

Pataud folâtrait.

Elle marcha un bon moment sans jamais hésiter sur le chemin à suivre. Au-dessus de sa tête, les oiseaux s'appelaient. Entre deux buissons, un lièvre fila, fesses en l'air. Pataud bondit et disparut.

Son dos sécha.

Elle se trouva bientôt en face d'une sorte de haut rempart vert, la prunelle s'y mêlait au genévrier, hérissant le mur de branchettes sournoises, d'épines et de piquants. A quatre pattes, elle s'enfonça dans l'obstacle qui semblait s'ouvrir pour lui laisser le passage et disparut complètement pour réapparaître de l'autre côté dans une petite clairière. *Sa* clairière.

C'était un espace circulaire protégé, encerclé, ombragé, avec une galette de ciel bleu au-dessus et une couche d'herbe taillée en brosse pour épargner les genoux.

Elle s'agenouilla au centre, s'assit sur ses talons, ferma les yeux, resta un long moment immobile puis redressa le buste et hurla.

Elle hurla de toutes ses forces et la voix qui, au début, semblait sortir de sa gorge monta vite de son buste tout entier puis de la terre elle-même à travers ses cuisses.

Elle hurla à l'amour.

Elle espérait tout de son cri. Il résonnait dans son cœur et dans sa tête, il perçait la forêt, il escaladait les troncs, couchait les fougères, faisait vibrer les branches... Les biches allaient venir lui apporter leurs faons et les lapines leurs lapereaux... Les fleurs la couvriraient de pollen, les fougères de sporanges, elle serait noyée sous les fruits, sous les couleurs, sous les odeurs, tout lui serait baiser, tout lui serait offrande ; autour d'elle voleraient passereaux, pétales et duvets ; l'air allait devenir plus doux, le matin et le soir se mélangeraient, le soleil rejoindrait enfin la lune...

Elle hurlait à l'amour.

Pataud, revenu, posa son museau sur sa cuisse.

Et puis viendraient les cerfs, les sangliers, les taureaux, les renards et les loups. La clairière elle-même s'élargirait, elle gagnerait bientôt sur la forêt tout entière, sur le village, sur les collines, sur le pays, sur le monde.

De toutes ses forces, elle hurlait à l'amour.

— Oh, là ! Ça va pas bien ?

Elle se tut aussitôt et ouvrit les yeux.

Julien.

Petit, bourru, mal embouché, mal habillé, elle le connaissait par cœur.

— Qu'est-ce que tu as à crier comme une perdue ?

— Je suis perdue, murmura-t-elle.

Il haussa les épaules et s'agenouilla face à elle. Il tenait un bâton et une ficelle pendait de sa poche. Elle aurait dû se douter que c'était lui. Il était le seul à connaître ce coin. Elle ne dit plus rien. Le temps de revenir à soi.

Il la regarda, déboutonna sa chemise, tira les pans de l'intérieur de son pantalon et les laissa flotter. Il attendit.

Lorsqu'elle fut calmée, elle se décida à sourire. Il ne lui répondit pas ; air buté, sourcils froncés.

Brusquement, il tendit la main et la lui passa sur la poitrine.

Elle ne bougea pas.

La main passa et repassa puis tomba, insatisfaite. Il la frotta dans l'herbe, comme pour l'essuyer.

— Et les poils ? demanda-t-il.

— Toujours rien.

— Fais voir.

Docile, elle se leva et quitta sa culotte.

Il lui souleva le bas de sa robe avec son bâton et regarda avec attention. Il passa délicatement le bout de ses doigts sales aux ongles rongés sur le ventre, sur le sexe lisse, sur le haut des cuisses, puis laissa retomber le devant de la robe.

— Toujours rien, constata-t-il.

Elle baissa la tête.

— Et toi ?

— Toujours rien, non plus.

— Tu me fais voir ?

— Pas question.

Il se leva, noua les deux pans de sa chemise sur son ventre et partit sans se retourner.

Adeline le regarda disparaître dans les buissons, elle roula sa culotte dans son poing droit qu'elle serra très fort, puis l'enfonça dans sa poche.

Pataud, déjà, montrait le chemin du retour.

La belle-mère

Quand Magali prenait son bain, elle laissait toujours la porte de la salle d'eau entrouverte. Elle découvrait ainsi un morceau du couloir et toute la partie droite du grand salon : la moitié du canapé de velours, la table basse, les deux chauffeuses et le bureau. Comme cela, elle gardait l'impression de ne pas être abandonnée et de participer encore et toujours à la vie de la maison.

Elle aimait trop son bain pour qu'il ne fît pas totalement partie de son existence ; c'était pour elle un moment privilégié réservé à tous les plaisirs. Elle aimait l'eau très chaude quand elle se laissait glisser dans la baignoire, le thermomètre flottant, le bruit des bulles qu'elle faisait avec le nez, le miroir à deux faces qu'elle prenait avec elle, la sensation des cheveux collés sur le front et la nuque, les records qu'elle établissait chaque fois en gardant la tête le plus longtemps possible sous l'eau. Elle aimait la brûlure de l'air dans sa gorge, lorsqu'elle laissait rejaillir sa tête au-dehors, et le picotement de l'eau savonneuse sur ses yeux ouverts.

Dans son bain, Magali se regardait. Sans complaisance et presque avec détachement, elle s'étudiait : elle examinait les cheveux noirs, le front lisse, le nez droit, les yeux sombres, la grande bouche, elle tournait le miroir du côté grossissant pour deviner une ébauche de bouton, une vague rougeur, et elle s'appuyait pendant de longues minutes sur le bout du nez en louchant dans l'espoir de le voir rétrécir.

Au bruit des pas, elle devina que quelqu'un venait d'entrer dans le salon. Elle baissa le miroir et observa. C'était sa mère qui allait se mettre au bureau pour continuer son interminable travail. Elle avait un paquet de feuilles sous le bras et Magali pouvait prévoir d'avance le moindre de ses gestes. Elle allait poser les feuilles, tirer la chaise de la main gauche, s'asseoir en prenant garde de ne pas froisser sa jupe mauve, croiser les pieds et libérer le talon de sa chaussure droite qui pendrait, retenue seulement par les orteils; elle allait repousser de la main la mèche qui lui tombait sur le front, ajuster ses lunettes, presser la petite boule de son Bic et commencer. Magali regardait, immobile.

La surface de l'eau était parfaitement lisse et seule sa tête dépassait au-dessus. De minuscules bulles argentées s'accrochaient çà et là à la peau de ses cuisses. Elle regardait sans voir. Cette mère-là n'était pas la sienne.

Sa vraie mère était morte dans un tragique accident d'avion au-dessus de la Thaïlande, alors qu'elle allait rejoindre son père à l'autre bout du monde. A l'époque, il était explorateur et travaillait dans la jungle. Elle était restée pour mettre au monde un petit frère et repartait enfin vers son bonheur. C'était une femme magnifique, qui avait posé, avant, pour des journaux. Elle était grande, fine, avec les cheveux noirs, le front lisse, le nez droit, les yeux sombres, une grande bouche et de gros seins. Dans l'avion, elle avait mangé un repas avec du caviar et du champagne, le commandant était venu la saluer, son voisin lui tendait des revues, lui proposait des rafraîchissements, appelait pour elle les hôtesses ; elle acceptait en souriant et elle pensait à son mari en lutte contre les fauves et qui viendrait, le soir, courir à sa rencontre sur la piste interminable de l'aéroport. Il la serrerait dans ses bras, la lèverait du sol comme une plume et la ferait tournoyer dans la brise parfumée du crépuscule.

Il faisait soleil, le ciel était limpide et froid. Inexplicablement, le grand Boeing couleur d'argent avait explosé en mille morceaux éparpillant dans l'espace une immense étoile de fer et de chair. La capeline rose que sa vraie mère portait était miraculeusement restée intacte. Bercée par le vent, elle survola des montagnes immaculées, enjamba des mers et des fleuves troubles, et plongea dans l'obscurité verte de la forêt, pour venir mollement se poser aux pieds de son père. En un éclair, il comprit le drame. Sa vie basculait, il renonça à l'aventure, changea d'existence, revint au pays, se fit professeur de sciences, maigrit beaucoup et épousa cette autre femme à qui les chapeaux n'allaient pas.

Il n'avait gardé de la première aucun souvenir, aucune photo, aucun vêtement. La capeline était restée dans la jungle à l'endroit même où elle s'était posée. Il n'avait pas vraiment pleuré non plus mais son regard, depuis, restait toujours voilé.

Une porte claqua dans l'appartement et Magali reconnut son pas. Il entra dans la salle de bains en remontant ses manches pour se laver les mains. Il la vit.

— Tu es encore dans l'eau ? Dépêche-toi de sortir ! Ça fait deux fois que ta mère t'appelle, elle t'attend pour aller faire des courses.

Il toucha l'eau de la baignoire.

— Mais c'est gelé ! Sors de là tout de suite, tes lèvres sont violettes !

Elle se dressa. Les gouttes ruisselaient sur sa peau en chair de poule. Elle replia les bras en croix sur sa poitrine, son regard était grave, ses lèvres tremblaient. Elle murmura :

— Frotte-moi !

La collection

Après, lorsque toute l'aventure fut finie, lorsque la petite fille immobile eut disparu comme par magie derrière le grand autobus rouge, personne ne put se souvenir qui l'avait remarquée pour la première fois. C'était certainement la fromagère dont le magasin était juste en face, sur la petite place devant le port, et qui passait le plus clair de son temps à regarder par la vitrine ; mais elle était sûre en tout cas de ne pas l'avoir vue arriver. Peut-être la petite s'était-elle aussi servie, comme pour partir, de l'écran d'un autobus ?

Toujours est-il qu'elle était là depuis un long moment déjà lorsqu'elle fut découverte.

Le quartier tout entier se trouva vite au courant. Une fois arrivées à la fromagerie, les nouvelles circulent.

C'était une enfant encore. Elle se tenait

debout sur le terre-plein de béton au milieu de la place, parfaitement raide et parfaitement immobile, comme un pivot au centre du carrousel des voitures et des autocars des touristes. Son regard était fixe et son sourire restait figé, trop grand, trop ouvert, trop radieux pour être vrai. Il cachait quelque chose.

Elle était déguisée.

Les vêtements qu'elle portait étaient trop vieux et trop vastes, on aurait dit qu'elle avait enfilé au hasard des robes de sa mère, les unes sur les autres.

Aux pieds, elle portait des tennis enfilés dans des chaussures vernies à talons hauts et c'était sans doute pour cela qu'elle restait immobile : il ne devrait pas être facile de marcher dans un tel équipage.

Elle était sale.

Son visage était maculé de traces colorées, baveuses, comme celui d'un grand sachem qui aurait pleuré sur ses peintures de guerre. Ses larmes sèches, multicolores, lui faisaient un masque qui ajoutait au sourire forcé un autre mensonge. Elle se cachait derrière une croûte.

Elle restait piquée là.

Vue de loin, on aurait dit qu'elle pleurait malgré son sourire et c'est pour cela que les gens s'approchèrent.

— Tu es perdue, petite fille ?

Elle étira ses lèvres jusqu'à la grimace, ses yeux se plissèrent un peu plus, son maquillage se craquela et elle ne répondit pas.

— Comment tu t'appelles ?

— Où est ta maison ?

— Ta maman fait des courses ?

— Tu étais à un bal masqué et tu es égarée ?

— Tu vis dans une roulotte ?

— Tu as perdu tes vrais habits ?

Elle ne desserra pas les dents.

La fromagère vint. Elle tint avec quelques clients un conseil impromptu. Il fut décidé que l'on convoquerait la maîtresse d'école qui passait pour être douce avec les enfants. On la convoqua.

Elle vint, elle s'approcha, toute tendresse et tout miel, elle s'accroupit, tendit la main pour une caresse, prit la petite aux épaules, la cajola et n'obtint rien.

— C'est normal, dit-elle, elle est toute contractée.

On essaya donc de la décontracter.

— Donne-lui un de tes bonbons, dit une mère à son fils.

Le garçon tira un berlingot de sa poche et le colla d'autorité dans la bouche de la fillette. Elle le recracha aussitôt sans cesser de sourire.

— Elle n'aime pas ça.

On essaya les gâteaux, les chocolats, les pâtes de fruits, les oranges et le gruyère. Elle recracha tout, tacha sa robe et un tas de détritus se forma devant ses pieds.

La circulation était devenue difficile sur la petite place, les automobilistes ralentissaient ou s'arrêtaient pour regarder l'attroupement. Un gendarme vint essayer de faire circuler mais ne put rien contre la curiosité. Les klaxons commencèrent pour ne plus s'arrêter.

La fromagère faisait signe de l'attendre aux gens qui entraient dans son magasin. Les enfants s'entassaient.

On héla le docteur qui passait.

Il sortit ses instruments et examina la patiente toujours souriante et toujours immobile. Tout semblait normal.

— Elle a dû subir un choc psychologique... Il faudrait voir si elle ne s'est pas échappée d'une institution voisine ou au moins retrouver ses parents.

Le spectre de la folie provoqua un mouvement de recul. Les papas et les mamans renvoyèrent leurs enfants à la maison avec l'ordre de ne pas mettre le nez dehors.

Le quartier tout entier était en révolution. On voulait voir la petite fille, on voulait savoir, on voulait comprendre.

Chacun tenta sa chance un peu comme si c'était un jeu. Un brutal la secoua. Un tendre l'embrassa. Une maternelle la souleva de terre pour la déposer aussitôt car elle sentait mauvais. Un imbécile voulut lui mettre le pied dans le derrière et fut arrêté par un doux. Un astucieux essaya de lui poser des questions sans en avoir l'air. Un inconscient essaya même de la raisonner.

On critiqua à haute voix devant elle ses parents, ses tuteurs, sa maîtresse... On suggéra que les plus fous n'étaient pas ceux que l'on pensait, puis la nuit vint et il fut décidé que si elle était toujours là le lendemain matin on préviendrait la police et on mettrait une petite annonce dans le journal.

A dix-neuf heures quarante-cinq, la télévision aspira tout le monde à l'intérieur des maisons, mais bien des fenêtres restèrent allumées tard ce soir-là et bien des rideaux s'entrouvrirent.

La petite fille était toujours immobile, et toujours souriait.

On ne vit bientôt plus que la lueur fade de la lune sur ses dents de lait et la nuit passa.

Au matin, le sourire était toujours là. Derrière la croûte colorée, on ne devinait même pas la fatigue.

Les volets battirent les murs, les espagnolettes cliquetèrent, l'indignation reprit de plus belle. La fin du petit déjeuner entendrait sonner l'heure des grandes décisions.

Le soleil brillait sur la place. Les bateaux dansaient calmement dans le port et la mer au loin miroitait doucement. La fromagère avalait son café au lait debout à sa fenêtre.

Un garçon qui n'était pas du quartier traversa en zigzaguant entre les premières voitures pour couper au plus court. En passant, il jeta un rapide coup d'œil à la petite fille et lui lança :

— Qu'est-ce que tu fais là, toi ?

— Je fais ma collection de vieux.

— Tu en trouves des bien ?

— Pas mal, pas mal.

Il fit un geste d'acquiescement et sauta sur la chaussée.

Le grand autobus rouge approchait.

La reine de la cour

Pour Catherine Arditi

Sophie Bostoff était la reine de la cour. Personne n'aurait osé descendre l'escalier devant elle, personne n'aurait oublié de lui dire bonjour le matin. Dès qu'elle apparaissait, une grappe de filles se formait autour d'elle, attentive, respectueuse, protectrice.

Toutes la trouvaient belle. Ses yeux étaient grands et bleus et elle laissait ses longs cheveux en liberté sur les épaules. Sa mère ne les lui nattait jamais et ne les lui nouait jamais en queue de cheval. Elle portait des tabliers gais aux teintes claires, avec son prénom brodé au revers de la poche.

Tout le monde aimait Sophie. Elle était mystérieuse, mais souriait gentiment et volontiers et savait si bien incliner la tête sur son épaule gauche que la maîtresse elle-même ne pouvait lui résister.

Sophie, elle, n'aimait pas tout le monde. C'était son secret.

En classe, elle s'appliquait. Raisonnable, un peu lointaine, elle faisait son travail sans être de celles qui se précipitent pour lever le doigt et elle obtenait de bonnes notes sans aller demander des renseignements à la maîtresse pendant l'étude.

Dans la cour, Sophie sautait parfaitement à la corde, jouait parfaitement à la balle et pouvait même, à l'occasion, gagner, contre les garçons, une partie d'osselets ; mais elle préférait tout de même les choses plus mystérieuses. Elle lisait beaucoup, à la maison, et aimait raconter des histoires le lendemain pendant la récréation. Lorsqu'elle était à court de lectures, elle inventait et personne ne remarquait rien.

Tout le monde aimait Sophie, mais Sophie voulait avoir *une* amie. C'était à elle de choisir. Elle avait éliminé la grosse Josiane qui était trop gentille, Camille qui ne disait pas toujours la vérité, Régine qui était nouvelle,

Madeleine qui était trop triste et Thérèse, la sœur de Madeleine, qui était très belle, mais trop vieille. Il en restait beaucoup d'autres qui étaient autant d'amies possibles, cependant, elle leur préférait Catherine.

Catherine était la plus petite, la plus menue et la plus fragile de toutes. Elle avait de grands éclats de gaieté et des tristesses soudaines ; ses yeux noirs se voilaient et elle se fermait, repliant les bras sur son ventre et remontant les genoux par-dessus. Elle aurait pu disparaître ainsi totalement dans un coin d'ombre si elle n'avait eu autour de son visage minuscule une énorme crinière de cheveux dorés, frisés, épais, denses, insoumis qui la forçait à l'existence. Machinalement, toutes celles et tous ceux qui lui parlaient caressaient ses boucles, étonnés de leur force.

C'était elle que Sophie voulait pour amie, son choix était fait et il ne lui restait plus qu'à 1° fabriquer un mystère, 2° bâtir une épreuve et 3° prendre un risque.

Lorsque la récréation sonna, Sophie descendit la première dans la cour. Elle alla s'asseoir au bout du banc de pierre — le banc à histoires — et attendit. Les filles se groupèrent autour d'elle en demi-cercle, les plus petites à genoux ou assises par terre et les plus grandes derrière. Sophie annonça qu'elle allait leur raconter une histoire et que cette histoire serait longue de plusieurs récréations.

Catherine, qui était à genoux, s'assit plus confortablement en tailleur et tira son tablier sur ses cuisses.

Sophie ferma les yeux, respira un bon coup et commença :

— Il était une fois un roi très bon et très laid, marié avec une reine très méchante et très belle. Ils eurent un fils très bon et très beau...

La maîtresse s'approcha discrètement pour écouter. La conteuse se tut aussitôt et la regarda en souriant. La maîtresse rougit et retourna faire les cent pas sous le préau avec ses deux collègues.

Sophie raconta par le menu l'éducation du prince, son talent pour le cheval et pour les armes, son ardeur à l'étude, sa bonté pour les paysans, l'exploit qu'il fit à quatorze ans pour délivrer un bébé des griffes d'un monstre hideux.

Pendant d'autres récréations, elle raconta ses habits de brocart, les fêtes au château, la voix douce du prince chantant avec les troubadours, la juste guerre entreprise et gagnée par son père, les traîtrises de sa mère.

Pendant d'autres récréations encore, elle raconta comment le prince savait reconnaître les fleurs, comment il partageait le secret des philtres avec la sorcière du bois, comment il punit le traître Gédéon, infidèle à son père...

Et elle en vint un jour à l'amour.

Les petites filles passèrent d'une fesse sur l'autre, tirèrent sur leurs blouses et tendirent un peu plus le cou en avant.

— A quelques lieues du château vivait une princesse que l'on disait magnifique mais qui ne quittait jamais son donjon. Le prince dut se rendre un jour dans ce château, comme messager de son père, et lorsqu'il entra dans le donjon, il vit pour la première fois la jeune princesse.

Sophie s'arrêta net.

Il y eut un long moment de silence, personne n'osant rompre le charme pour réclamer la suite.

Elle se leva d'un coup sec.

— A partir de maintenant, dit-elle, en défroissant son tablier sur ses fesses, je ne raconte plus l'histoire, nous allons la jouer.

Les filles se levèrent, un peu déçues et déjà passionnées. Il n'y avait que Sophie pour multiplier ainsi les plaisirs. Rien qu'à voir comme elle tenait la tête, elles savaient déjà que ce serait elle qui jouerait le rôle du prince et que la pièce durerait jusqu'aux grandes vacances (à l'époque où les récréations sont de plus en plus longues).

— Il faut une princesse, déclara Sophie. Celle qui réussira l'épreuve sera choisie. Je vais poser une question, et celle qui donnera la bonne réponse aura gagné.

Les filles ne discutèrent pas. Elles restèrent debout, alignées comme pour la photo, et Sophie, plantée devant elles, mains dans le dos, posa sa question :

— Qui préférez-vous, du prince ou de votre maman ?

Les filles se regardèrent. Sophie leur laissa

un moment pour réfléchir puis les fit répondre une à une en les désignant du doigt.

Madeleine et Thérèse, qui avaient perdu leur maman, ne répondirent pas. Camille choisit le prince. Josiane le choisit aussi avec un enthousiasme furieux.

Lorsque vint son tour, Catherine sentit une boule dans sa gorge et dut s'y reprendre à deux fois pour répondre. Elle baissa la tête et regarda le bas de son tablier.

— Je crois que je préférerais quand même ma maman.

Sophie n'alla pas plus loin.

Quelques secondes plus tard, lorsque sonna la fin de la récréation, ce fut Catherine-aux-cheveux-d'or qui monta le grand escalier sur la pointe des pieds, avec la paume droite posée sur le dos de la main gauche de Sophie Bostoff. Elle aurait préféré lui donner franchement la main, mais c'était déjà vraiment bien.

Bleu-blanc-rouge

On a joué à *bleu-blanc-rouge*. Quand la grosse Josiane s'est retournée pour nous surprendre, Maline s'est statufiée. Elle reste, bras écartés, bouche ouverte et jambe en l'air, comme une danseuse pataude. Les autres sont immobiles, au garde à vous. On jurerait qu'elles n'ont pas bougé.

Madeleine quitte brusquement le jeu sans raison ; elle s'ébroue, esquisse un ou deux mouvements de gymnastique et va pour rentrer en classe.

En frôlant Maline, elle murmure :

— Si la mort passe, tu resteras comme ça et on ne pourra même pas t'enterrer.

La poupée moderne

C'était une poupée moderne avec les derniers perfectionnements de la technique. Une poupée qui parle, qui marche, qui tète, qui pisse, que l'on shampouine, qui pleure, qui dort quand on la berce, dont on peut changer le disque mais dont le corps reste glacé quand on la serre dans ses bras.

Maline l'avait reçue d'une tante annuelle, une vieille belle qui apparaissait chaque jeudi après Noël, donnait son paquet en gloussant de plaisir, quémandait une paire de baisers, grignotait un biscuit et disparaissait pour trois cent soixante-quatre jours, laissant derrière elle une trace de parfum, une boule de papier froissé dans la corbeille, un ruban tortillonné sur lequel restait collée une étiquette, une boîte en carton, l'écho d'un rire de gorge, un éclat de talon sur le lino de la cuisine et une poupée.

Le premier soir, Maline fut émue par cette voix qui sortait des entrailles de celle que la tante avait surnommée « ta dernière fille ».

« Maman chérie, j'ai faim. »

Elle lui enfonça consciencieusement un biberon dans l'orifice prévu à cet effet entre les lèvres rosées et la remplit jusqu'à ce qu'elle pisse.

Elle la changea.

« Maman chérie, j'ai faim. »

Elle la remplit encore, et encore la changea.

« Maman chérie, j'ai faim. »

Elle la coucha.

Tout occupée pendant vingt-quatre heures à satisfaire ses besoins immédiats, elle en oublia même de la baptiser. La première nuit, elle se leva pour voir si elle n'était pas mouillée.

« Maman chérie, j'ai faim. »

Elle la prit près d'elle dans son lit, l'écouta, la fit taire et la secoua tant et plus dans son sommeil agité. Avant d'être arrivé à bout de pile, le disque était rayé et la mécanique ne murmurait plus que :

« Maman ché—, j'ai faim. »

Le « rie » se perdait dans un craquement de vieille radio.

Maline installa sa « fille » dans la vieille poussette qui n'avait plus que trois roues et l'oublia.

Elle retrouva ses anciennes, chacune avec son histoire qu'elle perfectionnait chaque jour, chacune avec ses aventures et ses manies, chacune avec ses travers. La nuit, elle reprit Boubal, son ours borgne dont le passé était le plus mouvementé, le plus compliqué, et le berça.

Un jour qu'elle était assise à son bureau et faisait un devoir, l'interrupteur qui déclenchait le disque de la poupée moderne se brisa.

« Maman ché—, j'ai faim. »

« Maman ché—, j'ai faim. »

« Maman ché—, j'ai faim. »

« Maman ché—, j'ai faim. »

Maline détestait être dérangée. Elle détestait par-dessus tout être dérangée par cette poupée sans nom qui vomissait sans trêve la même phrase cassée.

— Tu m'emmerdes ! cria-t-elle.

Et elle reprit le découpage du texte de son devoir de français.

« Maman ché—, j'ai faim. »

« Maman ché—, j'ai faim. »

L'effort qu'elle faisait pour ne pas entendre lui emplissait plus la tête que le retour de la petite phrase lui-même. Elle n'insista pas. Elle abandonna son devoir, capuchonna son stylo-bille, en marqua la page de son livre et se leva.

« Maman ché—, j'ai faim. »

« Maman ché—, j'ai faim. »

Maline leva la poupée de la poussette, la retourna et lui arracha la langue.

« Maman ché—. »

Le minuscule disque rayé vola dans la corbeille. La petite porte qui cachait le mécanisme ne résista pas non plus. Les gonds se tordirent, laissant deux échardes de plastique dans le dos de la poupée.

Maline serrait les dents et pinçait les lèvres. Ses joues se creusèrent, ses sourcils se rapprochèrent. Elle plissa imperceptiblement les paupières. Son regard se fit dur.

D'un geste sec, elle arracha le bras droit et le posa sur le lit. Elle arracha le gauche. Les jambes résistèrent plus, mais avec les dents, elle parvint aussi à les arracher et à les aligner sur la courtepointe. Elle plaça la tête de la poupée entre ses cuisses, enfonça les doigts dans les trous des bras et tira. Le tronc ne fit aucune difficulté pour se séparer de la tête.

Maline le coucha à plat ventre entre les jambes et les bras.

Elle s'agenouilla au bord du lit et plaça la tête dans le creux de ses mains.

— Quel accident! lui dit-elle de sa voix la plus douce.

Elle arracha les cheveux par touffes et les rangea soigneusement, boucle à boucle.

La poupée moderne la fixait de ses grands yeux bleus doux; son crâne, piqueté de trous noirs, lui donnait l'air d'une passoire.

Maline posa sur le globe délicat des yeux l'index et le majeur de sa main droite et poussa d'un coup sec. La tête avala les yeux.

Maline retira les doigts et resta longtemps à regarder les orbites vides. Elle porta ensuite la tête à son oreille et la secoua. Le contrepoids des yeux à bascule grelottait dans le crâne. Elle se leva, et, sans préparation, lança la tête de la poupée à toute volée. Elle heurta le coin du bureau et éclata comme une tirelire.

Sans passion, Maline ramassa tous les morceaux et vint les ajouter à ceux qui attendaient sur le lit.

Elle s'accroupit, se prit le visage entre les mains. Ses paumes lui remontaient les joues et le coin des lèvres. On aurait dit qu'elle souriait.

Après un moment, elle se leva pour prendre dans sa trousse un feutre rouge. Minutieusement, elle numérota sur leur face interne les morceaux brisés de la tête, partant des plus gros pour aller jusqu'aux plus minuscules éclats.

Elle les réaligna dans l'ordre sur le bord du lit.

Dans l'armoire de la chambre de sa mère, elle alla choisir un immense torchon de fil blanc qu'elle étendit sur la plaque de verre qui couvrait sa coiffeuse et en lissa soigneusement les plis. Au sommet du miroir pivotant ovale, elle pinça sa lampe de bureau et désarticula le bras pour la mettre en position de scialytique.

Elle l'alluma. Le rond de lumière jaune coïncidait exactement avec le centre du torchon.

Elle retrouva son mystérieux sourire et chantonna un air sans paroles jusqu'à la salle de bains. Manches relevées, elle savonna ses mains et ses poignets, se brossa les ongles et enfila les gants de caoutchouc rose qu'utilisait sa mère pour laver les vaisselles et faire les grosses lessives. Elle prit un mouchoir dans le tiroir du placard à linge, le tendit devant sa bouche et son nez puis le noua sur sa nuque.

La chansonnette qu'elle reprit se trouva filtrée par la double épaisseur du tissu.

Dans la chambre, le soir tombait, donnant à la tache de lumière du scialytique plus d'éclat. Pour ne pas souiller ses mains, Maline repoussa la porte de l'épaule et se mit au travail.

Elle ouvrit une de ces boîtes en métal inoxydable dans lesquelles les infirmières mettent à stériliser les instruments chirurgicaux et en sortit une autre boîte, petite et circulaire, qui était une boîte d'éponge du temps où l'on utilisait le crayon d'ardoise à l'école et que sa mère lui avait offerte, elle pressa un peu du contenu du tube bleu. Elle ajouta une portion égale du contenu du tube jaune marqué « durcisseur » et mélangea le tout avec la cuiller en plastique qui avait servi autrefois à manger une glace en petit pot.

Lorsque le mélange fut homogène, elle réunit sur le torchon tous les morceaux numérotés et commença l'opération.

A mi-voix, elle annonçait chacun de ses gestes avant de l'accomplir.

— Encollage n° 1. Encollage 2, 3, 4. Séchage. Encollage 5, 6, 7...

Le numérotage avait été fait soigneusement et les différents morceaux de la tête venaient s'emboîter les uns dans les autres comme les pièces d'un puzzle élémentaire.

Après un quart d'heure d'intervention, il ne restait plus à placer qu'un éclat triangulaire au sommet du crâne. Maline laissa tomber à l'intérieur de la tête les yeux et leur mécanisme, comme elle avait vu sa mère remettre le foie et le gésier à l'intérieur d'une poule qu'elle venait de vider, puis plaça soigneusement le triangle de plastique et le colla. Elle reposa ensuite la tête reconstituée sur le torchon. Le visage de la poupée était entier, presque intact malgré ses orbites vides. Quelques cicatrices glauques, tracées par la colle qui avait débordé, le zébraient.

Maline dénoua le mouchoir, secoua ses cheveux, posa les coudes sur la coiffeuse, se prit la tête dans les mains et contempla son travail, satisfaite. Le masque avait tracé une marque rouge sur son nez et ses joues. Pour être sûre de ne pas faire de dégât avec la colle encore fraîche, elle regarda passer une demi-heure à son réveil puis se remit au travail et reconstitua entièrement la poupée. Elle recolla les jambes et les bras puis replanta la tête sur le tronc. La poupée moderne, malgré ses cicatrices, avait retrouvé son aspect. Elle ne retrouverait, par contre, jamais sa langue.

Maline fouilla le placard de l'entrée, choisit une boîte de carton qu'elle vida de ses chaussures, des mocassins qui appartenaient à son père, et la ramena dans sa chambre.

Elle y coucha la poupée nue qui s'y logeait exactement puis sortit de son tiroir aux trésors une grappe de fleurs et de fruits artificiels arrachés à d'antiques chapeaux. Elle les bourra dans les espaces vides autour de sa poupée, se recueillit un instant et marmonna quelques mots inintelligibles qui pouvaient ressembler à une prière. Elle ferma ensuite le couvercle, le noua sur la boîte à l'aide d'une cordelière de laine et traça dessus une croix avec le feutre rouge. Il faisait maintenant nuit noire et sa mère n'allait pas tarder à rentrer.

Elle replia le torchon, rangea la colle, remit la lampe en place et laissa la boîte bien en évidence sur la coiffeuse.

Satisfaite d'avoir pu finir à temps, elle sourit et reprit sa chanson à haute voix.

— Demain dès l'aube, chanta-t-elle, sous le grand massif au centre du jardin, là où la terre est souple et se creuse avec les seules mains, demain dès l'aube, on l'enterrera, ri-ra, on l'enterrera, ri-rien.

Le chêne

Pour Italo Calvino

Bébé Jeannette, assise sur son derrière, regardait son grand frère Sébastien descendre du chêne. Il escaladait la plus haute branche, celle qui était aussi haute que le toit du pigeonnier, plongeait dans le vide et attrapait au vol la corde qui pendait à la poulie de la grange. Il se laissait ensuite glisser jusqu'à terre.

Sans jamais lui jeter un regard, il recommençait inlassablement son circuit.

Bébé Jeannette ne le quittait pas des yeux, fascinée.

Pour l'imiter, elle encercla le tronc de ses petits bras, frotta ses joues et ses doigts de pieds sur l'écorce et resta clouée au sol.

Bientôt, rien ne compta plus dans sa vie que cette corde suspendue à la poulie.

A peine levée, elle la regardait, à peine sortie de table, elle se précipitait dans la cour.

— Patiente un peu, lui conseillait son père, tu pourras bientôt y grimper toi aussi.

Bébé Jeannette ne voulait à aucun prix transiger avec sa première vraie envie. Elle voulait trouver une solution tout de suite et tout de suite s'y employa.

Pour tout savoir sans avoir jamais rien appris, Bébé Jeannette connaissait le secret des glands. Elle choisit le plus gros, enfonça son index aussi profond qu'elle put dans la terre et le planta.

Elle reboucha le trou et s'assit dessus.

Puisqu'elle ne pouvait pas monter au sommet du chêne, elle grandirait avec lui.

La gentillesse, la douceur, les menaces, les coups, rien ne la délogea. Elle subit le froid, la pluie, les janviers et les aoûts, elle survécut et le chêne poussa.

Ses yeux restaient fixés sur la poulie et elle ne sentit même pas sa patience.

Pendant longtemps encore, son frère continua son manège du sol à la branche, de la branche à la corde et de la corde au sol. En passant devant elle, il haussait les épaules sans baisser les yeux. C'était la seule nuance qu'il avait apportée au rite.

D'autres saisons passèrent.

A chaque automne, elle sentait sous elle tomber les feuilles, à chaque printemps, elle sentait sous ses jambes et ses fesses piquer les premiers bourgeons.

Ses parents qui étaient gens simples et de large cœur pensèrent toujours que c'était un caprice et décidèrent devant son obstination de la nourrir trois fois le jour.

A l'aide d'une corde de chanvre passée dans une fourche Bébé Jeannette hissait un panier tressé plein de victuailles. L'air des hauteurs lui donnait un bel appétit.

Bientôt pourtant, elle se lassa de tirer sur cette corde. La nourriture d'en bas la rattachait inexorablement à la terre et elle prit l'habitude de se nourrir de jeunes feuilles et d'insectes qu'elle attrapait au passage. Pendant des mois, elle battit l'air inutilement, mais elle devint bientôt habile et parvint même à faire quelques captures directement avec la langue et la bouche. Quand le soir tombait et qu'avec lui montaient les nuages de moucherons, elle se régalait.

De Bébé Jeannette, elle devint Jeannette tout court, puis petite Jeanne, puis « cette vieille folle de Jeanne », puis « Jeanne la dingue »...

Son père et sa mère moururent et son frère prit la direction de la ferme. Elle lui en voulait beaucoup de ne plus monter dans l'arbre et de ne plus se laisser tomber le long de la corde. Lorsqu'il passait sous le chêne, elle l'invectivait :

— Poltron ! Terrien ! Te voilà collé à la boue à présent, bon à rien. Tel qui croyait voler s'enlise !

Et elle riait en levant les yeux au ciel.

Sa position élevée, pensait-elle, lui donnait un exceptionnel pouvoir de clarté et elle parlait en maximes qui lui venaient comme les bourgeons viennent aux branches.

Le jour arriva où elle ne voulut plus du tout comprendre le monde d'en bas. Elle sentait bien qu'aux yeux de tous ceux qui venaient le dimanche après la messe la faire voir à leurs enfants, le plus beau d'elle-même était son obstination.

De ce jour-là, elle cessa de douter et se cala un peu mieux sur sa fourche.

Son chêne poussa et devint superbe, large, fort, charpenté, il semait des glands par milliers et portait chaque été un peu plus d'ombre à son aîné.

Jeanne vieillit.

Ses cheveux blanchirent, ses dents tremblèrent dans ses gencives ; elle ne criait plus la vérité de peur de ne plus pouvoir se faire entendre. Son dos se courba et chaque ondée lui fut une peine et chaque neige une torture. Elle supporta.

Le temps vint enfin où la plus haute branche atteignit le niveau de la poulie.

Les yeux de Jeanne s'allumèrent d'un feu quasi diabolique.

Elle voulut bondir et resta clouée.

Une larme perla au bord de sa paupière rougie.

Elle lutta contre les rhumatismes, les arthroses et les raideurs, craqua, coinça, bloqua.

La peine eut raison du plaisir mais pas de l'obstination. Ses jambes étaient si faibles qu'elle concentra tout son reste d'énergie dans ses bras. Elle tira sur deux branches et bascula en avant.

Ses mains débiles se resserrèrent sur la corde.

Usée, inutile, abandonnée plus par négligence que par calcul, elle céda sous son poids minuscule.

Bébé Jeannette s'écrasa face contre terre au pied du chêne et l'arbre un instant ébranlé fit pleuvoir sur son dos quelques glands.

Le bavardage

Pour ma Tine

Le printemps venait juste d'arriver. Il était tout frais et n'avait que dix ou douze minutes, mais il était bien là. On le devinait dans un menu rayon de soleil, dans cette façon qu'a le ciel d'être autrement bleu, dans la tendresse et le duvet des feuilles et dans cette manière de douceur de l'air qui ne se voit pas, qui ne se raconte pas, mais qui déclenche partout sur la peau une étonnante sensation de bien-être et un curieux frisson minuscule.

Comme chaque année, il était arrivé un mercredi matin.

Pour la première fois depuis qu'elle habitait la grande maison de sa tante Marthe, Madeleine ouvrit la fenêtre de son plein gré, sans volonté d'aérer, sans volonté de rafraîchir. Elle avait bien plutôt la sensation que l'équilibre était enfin venu entre le dehors et le dedans et que les vitres n'avaient plus de raison d'être. Mieux encore, elle tira devant la fenêtre ouverte son fauteuil et s'y installa, sans livre à lire ni papier pour dessiner.

D'où elle était, elle ne voyait que la moitié du cèdre, le toit de l'appentis et le fond du parc. Sur la gauche, elle découvrait l'extrémité de la plus longue branche du hêtre.

Elle ferma les yeux et aspira une longue bouffée d'air qui sentait comme une tisane.

Un oiseau chanta.

Rien n'aurait pu la combler pareillement. C'était beau comme le plus grand des plaisirs retrouvé, bon comme la première cerise. Elle sentit son corps s'enfoncer plus encore dans le fauteuil comme s'il allait s'étendre et se dilater jusqu'à en déborder.

Les yeux toujours fermés, elle tendit les lèvres en avant et siffla en retour.

L'oiseau lui répondit.

Cette fois, il modula deux notes.

Elle les enregistra mentalement et les reproduisit.

L'oiseau lui répondit encore.

« *Il me parle!* » pensa-t-elle, « *il me parle* ». Elle jubilait. Chaque fois qu'elle se risquait à siffler, l'oiseau lui répondait. Elle mit des phrases dans sa musique. Elle lui raconta le printemps, la douceur des feuilles, et le plaisir de revoir le soleil dans le jardin. Il lui répondit des choses qu'elle ne comprenait pas toujours, mais qu'elle traduisait selon son cœur : la souplesse des branches neuves, le goût des moucherons et des baies rouges et l'espoir de picorer bientôt des miettes sur l'appui de la fenêtre...

Elle voulut voir son nouvel ami. Pour ne pas l'effaroucher, elle se leva très doucement et vint s'appuyer sur le rebord de la fenêtre. Ses yeux fouillèrent le cèdre et le hêtre, glissèrent de branche en branche. Elle ne vit rien. Rien non plus sur le rebord du toit, rien sur le gazon.

En se penchant, Madeleine remarqua que Thérèse, sa grande sœur, avait également ouvert sa fenêtre. Son printemps à elle aussi était donc arrivé.

Elle siffla sur cinq notes pour expliquer à l'oiseau qu'elle ne l'abandonnait pas mais qu'elle allait un moment chez sa sœur, et qu'elle ne pourrait pas lui parler. L'oiseau comprit et lui retourna cinq notes dans le même ordre mais un peu mieux sifflées.

Elle fit claquer une porte, traversa un corridor et entra chez Thérèse. Thérèse était assise dans son fauteuil, devant sa fenêtre ouverte, elle n'avait sur les genoux ni livre ni papier à dessin.

Madeleine vint s'agenouiller devant elle et posa sa tête sur ses cuisses. Thérèse lui caressa les cheveux.

Dehors, l'oiseau ne chantait plus.

Madeleine cala un peu mieux encore sa tête dans le giron de sa sœur.

Thérèse lui caressait le dos.

— Thérèse, je voudrais te dire un secret.

— Dis-le moi.

— Tu me croiras ?

— Je te crois.

Elle redressa la tête et regarda sa sœur droit dans les yeux.

— Je viens de parler avec un oiseau.

Thérèse ne haussa pas les épaules, ne se moqua pas d'elle.

Elle sourit simplement et lui avoua :

— Moi aussi.

Le goûter

Josiane était aux anges. C'était *son* jour. Lorsqu'elle recevait ses amies à goûter, elle détestait le hasard et l'improvisation, elle achetait ses provisions le matin et préparait sa table dès le déjeuner desservi.

Ce mercredi-là, elle avait convié Catherine et Thérèse, les deux plus maigres de ses copines, celles aussi qui mangeaient le plus, et elle avait décidé de les régaler.

Pour ses réceptions, elle avait droit à la table rectangulaire en marqueterie, la plus belle de la maison.

Elle sortit du placard trois sets en toile de lin blanche ajourée, en posa deux pour ses invitées côte à côte et plaça le sien en face. Elle choisit trois fines assiettes à décor bleu, leur assortit trois déjeuners pour le chocolat chaud, prit trois verres à pied dans la cuisine et trois petites cuillers.

Elle ouvrit d'abord le carton à gâteaux. Dans les assiettes de Catherine et de Thérèse, elle plaça tout d'abord un très gros chou à la crème Chantilly saupoudré de sucre glace. Ces choux étaient merveilleux de légèreté, elle les adorait. Autour de chaque chou, elle plaça un éclair au chocolat, une amandine, une martha et une tartelette ronde aux fruits rouges sur fond de crème cuite.

Elle prenait ses tartelettes chez un petit boulanger-pâtissier de quartier qui confectionnait une pâte brisée craquante à souhait et choisissait ses fruits très mûrs ; le reste venait de chez le plus grand pâtissier du pays, le plus célèbre aussi.

Elle découpa une tablette de chocolat à cuire dans une casserole, y mit quelques cuillerées à café d'eau et plaça le tout sur le feu. Elle prépara une autre casserole pour le lait.

Sur une vaste coupe de cristal taillé, elle déposa ce qui faisait le renom de ses goûters et le sien : elle dessina une couronne de cochonnets en pâte d'amande rose et plaça à l'intérieur, dans un désordre étudié, des Treets, des

Bounty, des Carambar, des Smarties, des carrés de Crunch et de Galak, des abeilles en réglisse et des petits-suisses en nougat tendre. Il y en avait pour contenter une classe entière.

Elle plaça la coupe entre les deux assiettes et fila mettre son lait à chauffer. De la cuisine, elle rapporta un yaourt maigre à 0 % de matière grasse et une pomme golden qu'elle posa dans sa propre assiette.

Elle était sortie nue de derrière le paravant.

Le docteur avait fait les gros yeux.

— Tu collectionnes les bourrelets ?

Josiane avait ri, ce qui avait fait bouger son gros ventre, et elle avait rougi.

Elle mélangeait son chocolat et son lait lorsqu'elles arrivèrent.

Ses deux amies s'émerveillèrent de la table et, machinalement, Catherine croqua quelques friandises. Josiane sourit.

— Asseyez-vous, asseyez-vous, on va goûter tout de suite.

Elle apporta le chocolat mousseux de la cuisine et le versa dans les deux tasses.

— Ne vous en faites pas, il en reste, et si

vous en voulez encore après, je pourrai vous en refaire.

Catherine et Thérèse firent quelques manières pour la forme, elles s'extasièrent sur les gâteaux en croquant toujours les bonbons.

— On ne mangera jamais tout ça, penses-tu !

Elles ne firent aucune remarque sur ce qui se trouvait dans l'assiette de Josiane, elles étaient au courant de tout et ne voulaient pas remuer le couteau dans la plaie.

— Goûte le chocolat, s'il te plaît, demanda Josiane.

Catherine trempa les lèvres dans la tasse, la reposa.

— Formidable !

Le chocolat lui avait tracé une moustache. Josiane sourit encore.

Après, ç'avait été mieux. Elle craignait de se faire gronder par le docteur, mais il avait grondé sa maman. Il avait commencé par dire « on n'a pas idée... » mais comme il regardait sa mère, elle n'avait pas écouté plus longtemps.

Catherine et Thérèse s'essuyèrent les lèvres

en les tamponnant avec les petites serviettes, et commencèrent à parler de l'événement de la semaine : deux garçons de l'école avaient suivi Carole à la sortie, l'avaient embêtée pendant tout son trajet et avant qu'elle arrive chez elle, ils l'avait coincée dans un couloir pour essayer de lui faire des choses.

— Ça devait arriver, avec les seins qu'elle a !

Elles parlèrent de ces garçons-là puis des autres garçons et des autres filles.

Josiane ne les écoutait pas. Elle avait avalé en un éclair ce qui était dans son assiette, le trognon de pomme reposait dans le pot de yaourt vide, et elle trouvait que ses deux amies ne mangeaient pas très vite. Discrètement, elle poussait de ses doigts dodus l'assiette de Catherine.

— Sans vous interrompre... Vous ne voulez pas mettre un peu de la crème du chou dans votre chocolat ?

En signant l'ordonnance, le docteur avait haussé les épaules. Il avait ensuite donné à sa mère une feuille dactylographiée sur laquelle était écrit le régime.

— Rien de tragique ni de dangereux, un peu de discipline, c'est tout !

Il était redevenu gentil, il lui avait même tapoté la joue (il faut dire qu'elle était rhabillée).

— Attention aux gâteaux, hein ?

Josiane adorait Catherine ; pour elle, elle possédait même un pouvoir magique : elle était minuscule, frêle, presque maladive et elle mangeait comme quatre ! Elle pouvait tout enfourner, le salé, le sucré, le farineux, le gras, elle ne prenait pas l'ombre d'une rondeur, pas l'esquisse du moindre bourrelet.

— Carole n'a rien voulu dire chez elle.

— Moi, j'aurais tout dit, au moins à la maîtresse ; et toi, Josiane ?

Josiane fit « Hein ? », on lui répéta la question et elle dut faire un effort pour dire qu'elle aurait tout raconté elle aussi ; elle venait de remarquer, rien qu'à voir comment les dents de Thérèse s'enfonçaient dedans, que l'amandine était parfaite : très souple sur le dessus, plus résistante au fond. Elle saliva. Entre deux bouchées, Thérèse engloutit un cochonnet rose. Catherine picora un Bounty et attaqua son éclair. A son avis, il n'était pas trop tard pour que Carole dise tout. Elle avala une bouchée et ajouta que les garçons devaient être punis.

— Ça leur servira de leçon!

Josiane dut se relever et aller dans la cuisine pour refaire du chocolat chaud.

Bien qu'elle sût par cœur ce qui y était écrit, elle jeta un coup d'œil sur la feuille dactylographiée posée sur le réfrigérateur. Pour dîner, elle aurait droit à cent cinquante grammes de poisson maigre, des épinards, du gruyère et une pomme.

Josiane ne quittait pas des yeux Catherine qui avait enfin attaqué son chou. Il était sublime. Un petit flocon de crème resta accroché au coin de ses lèvres, machinalement, Josiane sortit sa propre langue comme pour l'enlever.

Thérèse but sa tasse d'un trait et annonça qu'elle n'avait pas fait sa fiche de maths. Elle devait partir.

Elles restèrent pourtant une bonne demi-heure encore pendant laquelle Josiane proposa des jus de fruits qu'elles refusèrent. Elles parlèrent de Sophie qui écrirait sûrement des histoires quand elle serait grande, elles parlèrent aussi d'une autre qui disait des mensonges et qui était toujours mal fagotée, mais elles ne dirent pas son nom car elles savaient très bien de qui elles voulaient parler.

— Tu vas tenir le coup ? avait demandé sa maman en sortant de chez le docteur.

— Pourquoi pas ?

— Ma pauvre caille.

Elle lui avait serré la tête contre sa poitrine.

Elles partirent après avoir soigneusement replié leurs serviettes, après avoir copieusement remercié et embrassé Josiane et après avoir discuté encore un bon quart d'heure sur le pas de la porte.

— Je n'aurai jamais fini mes maths avant le dîner, dit Thérèse en filant.

Josiane embrassa encore Catherine et rentra.

Elle ramassa les assiettes et résista à la tentation de manger le couvercle de pâte à chou qui traînait — c'était tout ce qui restait.

Elle le jeta dans la poubelle en fermant les yeux et fit la vaisselle.

Deux cuillers restaient encore à laver lorsque sa mère rentra du travail.

— Bonsoir ma chérie, vous vous êtes bien amusées ?

— Elles ont bien mangé.

Le lipogramme

Il fallut plusieurs jours à ceux qui fréquentaient Maline pour se rendre compte qu'elle ne prononçait plus les *o*.

Elle avait rayé de son vocabulaire tous les *e-a-u*, les *a-u* et les *o*.

La maîtresse lui reprochait de ne plus savoir très bien ses récitations, sa mère s'étonnait qu'elle dise toujours *charmant* au lieu de *joli* et de *beau*, mais toutes deux crurent d'abord à une toquade sans importance.

La maladie dura pourtant et, chose étrange, Maline semblait être la seule à en être affectée. Il ne s'agissait donc pas d'une mode.

Très vite les choses se gâtèrent. De peur de faillir à sa règle, la petite fille devenait chaque jour plus silencieuse et, chaque jour, passait de plus longs moments à écrire dans son journal intime. Elle maigrissait.

L'affaire finit par devenir publique le jour où elle récita, en classe, *Le Corbeau et le Renard* en entier, en remplaçant le corbeau par un hibou. La maîtresse la laissa faire et lorsque le hibou eut ouvert son large bec pour laisser tomber son camembert (*fromage* était évidemment sur la liste noire), elle comprit et explosa.

— On ne peut pas vivre avec un alphabet de vingt-cinq lettres ! hurla-t-elle.

La lézarde soudain ouverte dans ses certitudes lui avait fait passer le frisson et elle avait d'abord besoin de se rassurer elle-même.

— Tu vas recommencer immédiatement à dire des *o*. Tu vas m'en dire une douzaine tout de suite.

La classe entière, passionnée par le débat, lâcha quelques *o* en liberté, les modula, les transforma, finit même par les crier mais Maline resta coite.

La maîtresse elle-même s'essaya à en dire quelques-uns pour donner l'exemple... Maline ne céda pas. Elle restait lèvres closes et visage fermé, seule au milieu d'un bourdonnement de *o* qui s'enflait à chaque seconde.

Lorsqu'elle éclata en larmes, la maîtresse

reprit son sang-froid, fit taire tout le monde et vint la dorloter.

Entre deux baisers sur la joue, elle lui glissa dans le creux de l'oreille :

— Pourquoi tu ne veux pas dire de *o* ? Regarde-nous, nous en disons tous et nous nous en portons bien. Alors pourquoi pas toi ?

Maline renifla et répondit :

— Je sais des trucs que vous ne savez pas.

Le *trucs* fit froncer le nez à la maîtresse, mais elle comprit et ne releva pas.

— Alors, dis-nous ce que tu sais.

Maline fit non de la tête.

— Pourquoi tu ne veux pas ?

— C'est très dur à expliquer avec les vingt-cinq lettres qui restent.

— Mouche-toi.

Maline se moucha.

— Tu veux me l'écrire ?

Maline fit non de la tête.

La maîtresse n'insista pas. Elle envoya tout le monde en récréation et sortit rejoindre ses collègues pour prendre conseil.

— Calme-toi, dit-elle en sortant, je reviens.

Maline resta seule dans la classe, son mouchoir en boule à la main.

Elle ne pleurait plus.

Elle se leva, fit le tour de la salle, jeta un coup d'œil dans la cour par la fenêtre et soudain prit dans la boîte une craie neuve. Elle grimpa sur l'estrade, se dressa sur la pointe des pieds et écrivit en gros sur le tableau : « Quand la mort passera, elle vous prendra exactement comme vous serez. »

La craie se cassa. Elle en prit une autre qui grinçait.

« Moi, je ne veux pas vivre toute la mort avec la bouche en cul de poule. »

Elle recula pour juger de l'effet produit. Ses lignes penchaient à droite. Elle ne saurait jamais écrire au tableau. Elle frappa ses mains pour en faire tomber la poussière, ramassa son mouchoir au passage, quitta la salle de classe, traversa la cour dans le dos des maîtresses et sortit pour aller faire un tour.

Le confident

Parce qu'elle était silencieuse et secrète, parce que, chez elle, personne ne prenait vraiment le temps d'écouter, Thérèse avait pour confident le vieux vieux du village que l'on sortait sur le banc les jours de soleil pour tenter de le réchauffer et pour se laisser le temps de nettoyer sa chambre, d'aérer les draps et de retourner le matelas.

Dès qu'elle le voyait installé depuis la fenêtre de la cuisine de la grande maison de sa tante, elle accourait, un pliant de bambou sous le bras. Elle ouvrait son siège et s'installait face au vieux, genoux contre genoux.

Le grand-père vibrait dans son rayon de soleil, il fermait et refermait ses yeux délavés, ébloui, ouvrait la bouche pour avaler un peu d'air qui sifflait entre ses gencives et gardait les bras croisés pour réprimer l'irrésistible tremblement de ses mains. Son regard ne se posait ni sur la petite fille, ni sur les rares passants qui traversaient la place, il semblait se fixer au-delà sur un point invisible pour tout autre que lui.

— Alors, petit pépé, tu veux savoir ce que j'ai regardé à la télévision hier soir ?

Elle avait posé sa question en montant très haut le ton sur la fin, comme la maîtresse lorsqu'elle attend une bonne réponse. La réponse ne vint pas, elle ne l'attendait pas. Elle fit claquer sa langue et leva sa main, paume en l'air, jusque sous le nez du vieillard.

— Eh bien, tu me croiras si tu veux, mais j'ai regardé le film pour les grands, le *vrai* film. Ma tante a envoyé Madeleine se coucher, elle lui a dit qu'elle était trop petite et elle m'a dit à moi que je pouvais rester si je voulais. Madeleine m'a tiré la langue et moi j'ai regardé le film jusqu'au bout sans m'endormir.

Le vieux renifla.

— Tu veux savoir l'histoire ?

Il s'essuya le nez d'un revers de la main et fut secoué d'un tremblement qui le fit flotter un peu plus dans son vaste gilet de laine.

— C'est l'histoire d'une petite fille très jolie et très gentille qui a une maman qui est très malheureuse à cause de son papa qui est très méchant et très vilain. Alors la petite fille, elle décide de tuer son papa. Le soir, quand tout le monde dort, elle descend toute seule dans la cave, sans lampe, sans rien, et elle va chercher une boîte de secret où dedans il y a du poison tout blanc. Elle remonte et, le lendemain, elle en donne dans du lait au vilain bonhomme. Il est vraiment pas joli son papa, avec un gros nez et des grosses joues et puis vieux, vieux! Alors il meurt et elle est bien contente, mais après...

Le grand-père éternua, Thérèse eut un mouvement de recul. Il se moucha dans son cache-nez gris et se passa la main droite dans ses rares cheveux blancs.

— Eh bien mon vieux, tu éternues fort!...

Thérèse s'essuya la joue.

— Je continue l'histoire : alors après, c'est sa maman qui meurt et elle se retrouve avec sa grande sœur et sa tante qui lui peigne les cheveux dans la salle de bains, alors comme elle l'embête aussi, elle veut la tuer parce qu'elle est pas gentille...

Elle s'interrompit pour lui resserrer le devant de sa veste et lui remonter le col.

— Attends un peu...

Elle prit ensuite les deux extrémités du cache-nez qu'elle renoua. Le vieux se laissa faire sans marquer la moindre lueur d'intérêt.

— Tu as tous ces pulls et tu as encore froid !

Elle lui boutonna le dernier bouton de sa chemise qu'il déboutonna aussitôt.

— Alors elle retourne chercher la boîte à poison et je te raconte pas tout parce que tu trembles de froid, mais elle lui en donne encore à elle aussi... Je te raconterai pas toute la fin parce qu'il ne faut pas raconter les fins, mais c'était vraiment bien et c'est la petite fille qui gagnait... Et je me suis même pas endormie !

Le vieux se déplaça légèrement sur le banc pour se gratter la cuisse, sa bouche s'ouvrit plus grande et l'air siffla plus fort entre ses fausses dents.

— Tu as une goutte au bout du nez. Essuie-la avec ton foulard.

Le vieux ne bougea pas et c'est elle qui suivit son propre conseil.

— Si tu veux savoir, j'étais contente d'avoir vu un film pour les grands mais je trouve que ma tante n'est pas très raisonnable, elle n'aurait pas dû me le laisser regarder parce que, maintenant, j'aime la mort.

La voix

Carole les avait espérés, elle les avait attendus, elle les avait guettés, d'un seul coup, ils étaient arrivés, trop vite, trop gros et quelques semaines seulement avant la date prévue pour sa première communion.

Ils étaient là maintenant.

Carole était désormais une vraie jeune fille avec un visage d'ange las, des épaules grêles et des seins si gonflés, si neufs et si lourds qu'on avait envie de tendre les mains pour l'aider à les porter.

Le bonheur d'avoir une poitrine lui avait été escamoté. A la peur de n'en point avoir s'était immédiatement substituée l'angoisse d'en avoir trop. Son dos s'était soudain arrondi, sa poitrine creusée, ses yeux s'étaient bordés de gris, son sourire s'était effacé, ses seins rayonnaient.

Elle eut l'impression qu'en une seule semaine sa vie basculait : elle ne savait plus où mettre les brides de son cartable, elle se trouvait mal dans ses chemises sans pince et passait son temps à tirer sur le bas de son pull-over. Ses copines, à l'école, ne faisaient rien pour lui faciliter la vie : « Fais attention qu'ils ne tombent pas ; une grosse poitrine c'est déjà pas joli, mais une grosse poitrine qui pend... », « Tu les mets par-dessus ou par-dessous le bureau ? » Il faut dire que la plupart étaient plates comme des planches et dévorées de jalousie.

Les garçons non plus ne se comportaient plus comme avant. Il y avait ceux qui pouffaient en la montrant du doigt et qui la surnommaient « gros nichons » ou « gros nénés » et ceux qui étaient tellement ébahis qu'ils ne pouvaient rien dire mais tendaient inévitablement la main pour toucher. Le soir, après l'étude, Carole rentrait chez elle en courant le long des murs, évitant les groupes de ceux qui s'attardaient.

Les préparatifs de la communion durèrent très longtemps. L'aube blanche que l'on devait prêter à Carole n'arriva pourtant que le jeudi. Elle l'enfila en toute hâte.

— Ça remonte par-devant, constata-t-elle.

Sa poitrine était comprimée par le buste de la robe qui s'évasait ensuite comme une cloche dont les deux mollets maigrichons de Carole auraient été le battant. Ça remontait bel et bien par-devant.

Pour que son plaisir ne fût pas gâché totalement par cette aube, on se mit aussitôt au travail. Sa mère lui confectionna en deux jours une robe blanche. D'un commun accord, elles la voulurent simple, mais la couturière se prit si bien au jeu qu'elle confectionna une robe ravissante que l'on aurait juré faite pour une petite mariée.

Pendant ce temps, Carole continua à faire ses prières du coucher, à penser au catéchisme et à aller à l'école. Le vendredi soir, elle rentra avec dix minutes de retard, toute rouge, mais ne voulut rien dire à sa mère quand elle s'en étonna. On fit les derniers essayages. La robe était parfaite et Carole jouait à la faire gonfler en tournant sur la pointe des pieds devant sa glace.

La nuit qui précéda le grand jour fut terrible. Carole s'agita dans son lit, sans parvenir à trouver le sommeil et lorsque sa mère l'éveilla, le lendemain matin, elle eut l'impression qu'elle venait à peine de s'endormir.

On l'habilla, on la coiffa ; mentalement, elle répéta ses prières ; elle entoura la base de son long cierge d'une feuille de papier d'aluminium et on se mit en route.

Pour des raisons d'espace, il avait été décidé que les communions se dérouleraient dans la grande église, au centre du bourg voisin. Carole la connaissait de l'extérieur pour avoir assisté un jour au cortège d'un mariage mais elle n'avait jamais osé entrer. Cette église avait la réputation d'être énorme et somptueuse, trop vaste même pour les quelques fidèles du village, bâtie de pierres grises, soutenue par des arcs-boutants graciles entre lesquels les enfants slalomaient, décorée de vitraux anciens dont la lumière colorée se perdait, à ce qu'on disait, sous des voûtes infinies. Son amie Madeleine, qui s'y était rendue seule un jour, à vélo, pour y voir un autre enterrement que celui de sa maman, lui avait raconté que le bruit de chaque pas sur les dalles semblait monter au ciel et redescendre multiplié, amplifié, remplissant toute l'église et s'y perdant dans les moindres recoins...

Le sort désigna Carole pour être la première à entrer dans l'église avec la grosse Josiane. En posant le talon, elle comprit ce que Madeleine avait voulu dire ; malgré l'orgue, malgré le brouhaha du dehors, le bruit de son pas monta sous les voûtes, clair et beau. Jamais elle n'avait rien vu de plus splendide et de plus impressionnant. L'église tout entière était illuminée par les cierges et les éclats colorés des vitraux ; sur l'autel, deux grands bouquets avaient été posés, et la musique résonnait si belle, si forte, que Carole pensait danser.

Juste avant qu'elle n'entre, la grand-mère d'Aline lui avait dit qu'elle était jolie et elle l'avait crue. La grosse Josiane, à côté d'elle, ne semblait pas vouloir profiter du spectacle. Elle avançait entre les bancs, yeux baissés et mine fermée, réglant son pas sur le sien et la suivant sans rien dire lorsqu'on leur désigna deux places au premier rang.

La messe fut un très beau spectacle. Tout

était transfiguré, tous les participants étaient transportés.

Carole se retourna à plusieurs reprises et vit, dans la forêt des cierges allumés, les visages profondément recueillis de toutes ses amies, baignées de lumière orange, leurs yeux baissés, leurs mains apaisées.

Elle ne parvenait pas à une pareille sérénité. Comme par miracle, les cierges que tenaient ses camarades ne coulaient pas, le sien, qui était pourtant de même qualité, fondait dans sa main moite et piquait dangereusement du nez. La cire dégouttait sur le bas de sa robe et elle n'osait pas se baisser de peur de paraître ridicule et d'augmenter encore les dégâts. Jusque-là, les flammes et leur lumière si douce lui étaient apparues comme divines, désormais elle s'inquiétait et se demandait quel enfer serait cette église si toutes ces aubes venaient à prendre feu. Elle sentait sur sa poitrine un poids encore plus lourd. Pour tenter de libérer sa respiration, elle glissa son index gauche dans son col, tordit le cou, mais le souffle ne revint pas. Elle plongea les yeux dans le grand tableau qui figurait le Christ en croix, essaya de retrouver sa concentration, s'adjura d'oublier le cierge dégoulinant mais resta sans pouvoir.

Lorsque l'orgue éclata, avant le grand moment de la communion, la grosse Josiane se pencha vers elle et lui annonça solennellement :

— Je serai sœur.

Thérèse lui donna une tape légère sur l'épaule et lui souffla :

— J'ai vu Dieu !

Carole ne voyait personne de cette sorte. Elle aurait bien voulu voir Dieu, elle aussi, ou le Christ, ou la Vierge Marie, au moins, mais elle ne parvenait à voir que les trois garçons de l'autre soir qui l'avaient coincée dans le couloir de l'immeuble pour toucher ses seins. Elle les voyait rire et sentait encore leurs mains sur elle et s'efforçait de penser que cela avait été étrange mais pas agréable. Étrange seulement.

Et comme cela lui était arrivé au retour de la confession, elle se trouvait en état de péché mortel le jour même de sa communion.

Le hasard fit qu'elle dut s'agenouiller pour communier juste en face de l'autel. Le curé qui tenait aux vieilles manières leur déposait lui-même l'hostie sur la langue. La grosse Josiane, toujours prête, gardait les yeux clos et la bouche ouverte. Le curé s'approcha.

Carole n'y tint plus, il fallait que la faute fût publique et qu'elle fût pardonnée. Elle rassembla tout son courage, cria :

— Je crois bien que je vais avoir un bébé !

Et là, elle *vit*. Sa voix se matérialisa en une sorte de courant fluide qui se divisa en deux pour franchir l'autel puis retrouva son unité pour escalader le fond du chœur, passer devant le tableau du Christ et monter à l'assaut des voûtes. Carole attendit le moment où sa voix amplifiée, forte comme la musique de l'orgue, allait retomber du plafond, par la volonté du Ciel sur tous les fidèles, sur toutes ses camarades, sur ses parents, claironnant publiquement sa faute pour mieux l'en libérer. Elle espérait voir la voix se ramifier, se diviser, se multiplier de voûte en voûte, pour que son drame n'échappe à personne et que sa communion fût une *vraie* communion. Il n'en fut rien. La voix resta compacte, unie, monta dans la plus haute des voûtes, entre nef et chœur, se ramassa en une boule et soudain lui retomba sur la tête et sur la sienne seulement.

Elle entendit clairement sa phrase, une bonne minute après l'avoir prononcée et le curé lui fit baisser la tête pour lui donner la communion.

La patience

La vieille grand-mère d'Adeline avait une idée fixe : elle ne voulait pas admettre que le temps passait. Elle faisait semblant de ne pas voir le goudron qui couvrait la rue du village, elle existait comme si personne n'avait inventé le blue-jeans et comme si les maisons n'étaient toujours pas chauffées.

Elle élevait sa petite-fille comme on l'avait élevée elle-même, ainsi se croyait-elle sûre de ne pas commettre d'erreur et de la faire grandir et vieillir au moins comme elle, ce qu'elle trouvait mieux que pas mal.

Adeline allait à l'école, faisait les courses, aidait à la cuisine, s'appliquait à ses devoirs, jouait dans le jardin le mercredi, plantait des lentilles et des fèves dans des lits de coton humide, versait le lait dans la soucoupe de la chatte, recevait des amies pour son anniversaire et mangeait de la brioche le dimanche matin avant de faire sa grande toilette.

La maison n'avait pas de salle de bains. Adeline se lavait chaque jour rapidement dans l'évier de pierre de la cuisine — c'était là que l'on vivait la plupart du temps — et le dimanche, elle faisait sa « grande toilette ».

La grand-mère tirait du cellier le tub en zinc et le posait à même le sol. Elle branchait sur le robinet un tuyau en caoutchouc et s'en servait comme d'une douche. Adeline, nue, se tenait droite et fermait les yeux pendant le shampooing, et ensuite, se lavait seule avec une application et une conscience maniaques. Elle aimait l'odeur du gros savon de Marseille qu'elle tenait à deux mains pour se frotter le ventre, elle aimait se pencher au-dessus de l'évier rugueux pour fermer et ouvrir le robinet, elle aimait les gouttes qui giclaient du tub et brillaient sur le parquet.

Pendant qu'elle se lavait, sa grand-mère alignait ses vêtements propres sur l'édredon de son lit. Chaque dimanche, Adeline se changeait entièrement, c'était la règle.

Lorsque la vieille revenait dans la cuisine, Adeline avait fini. Elle s'enroulait dans la large serviette éponge blanche qui sentait le pré et se séchait.

Pour qu'elle ne prenne pas froid et ne se salisse pas les pieds, sa grand-mère lui frottait le dos et la portait ensuite jusque sur la descente de lit de la chambre devant l'armoire à glace.

C'était octobre et les pluies froides avaient recommencé depuis deux semaines ; elles alternaient encore avec de longues périodes de soleil mais, déjà, Adeline mettait ses vêtements d'hiver. Sa grand-mère l'habillait comme on l'avait habillée enfant et comme elle s'habillait encore.

Adeline enfila d'abord une culotte et une « flanelle » (c'était un tricot de corps chaud que l'on ne portait que pendant l'hiver) ; par-dessus, elle mit une chemise de lin, avec un décolleté carré façon Empire et des bretelles brodées. Sa grand-mère lui fit ensuite lever les bras et lui glissa un corset en gros coutil rose, lacé derrière. « Pour maintenir les reins », disait-elle.

Elle ne serrait jamais trop les lacets et Adeline n'avait aucune peine à faire tourner le corset autour de sa taille. Elle n'avait jamais eu la sensation d'être maintenue, mais on ne résistait pas à la grand-mère.

Ses camarades d'école étaient très étonnées. Elles lui touchaient le ventre et l'admiraient de pouvoir, malgré ce carcan, faire des roulades.

Par-dessus, elle boutonna sa robe. Une robe grise, banale, avec une petite ceinture molle nouée sur le devant. Elle mit ses socquettes et ses sandales.

Sa grand-mère lui tendit ensuite son tablier. Il devait faire la semaine à l'école et à la maison. Adeline aimait ses tabliers, surtout celui-là, à carreaux, avec les plis du repassage et les deux poches plaquées.

Elle se regarda dans la glace.

— Tu es belle, lui dit, comme chaque dimanche, sa grand-mère.

Adeline sourit à son image.

Les deux femmes revinrent dans la cuisine en se jetant les premiers regards tendus.

C'était le moment de la crise rituelle.

La grand-mère prit le tablier sale sur le dossier de la chaise à côté de l'évier. Adeline hurla « non » et se précipita sur la porte d'entrée. Elle sortit et fila à toutes jambes dans la rue. Sa grand-mère courait derrière elle, le vieux tablier à la main.

Depuis toujours, la vieille voulait qu'elle mette le vieux tablier par-dessus le nouveau pendant tout le dimanche pour qu'elle soit impeccable le lundi matin en classe. Adeline détestait cela et se préférait belle le dimanche.

Elle passa devant la boucherie, poings serrés.

Elle avait essayé de raisonner sa grand-mère, de lui expliquer que c'était stupide, qu'elle aurait pu faire attention. Elle avait promis de ne pas se salir ni se froisser...

Elle arriva devant la pâtisserie et fit un petit crochet pour éviter les gens qui attendaient dehors. Thérèse, sa copine, agita la main dans sa direction. Derrière elle, elle entendait le pas lourd de la vieille de plus en plus proche. Sa grand-mère avait toujours fait ainsi avec sa fille et elle ne changerait pas.

« A mon âge, disait-elle pour seule explication, on sait ce qu'on fait. »

Adeline atteignit l'escalier de la mairie,

sauta une marche et la main de la vieille s'abattit sur son épaule.

Adeline se retourna. Sa grand-mère était rouge tomate, elle haletait, la sueur coulait sur son front, sa bouche s'ouvrait démesurément et sa poitrine allait et venait comme un soufflet de forge. Elle n'en pouvait plus.

Sans dire un mot, elle tendit le tablier noir à sa petite-fille. Adeline l'enfila, ferma les boutons rouges et noua sa troisième ceinture.

Elles repartirent côte à côte vers la maison.

Adeline regardait sa grand-mère en coin. La vieille haletait encore et elle dut sortir son mouchoir pour s'éponger le front.

« Il n'y a pas si longtemps, pensa-t-elle, elle était beaucoup moins rouge... Elle est trop grosse. »

Elle sourit et sauta à cloche-pied.

La semaine précédente, elle avait été rejointe devant la pâtisserie, la semaine prochaine, elle tiendra jusqu'à l'église et, dans un an, elle s'habillera comme elle voudra.

Le suspense

Ç'avait été une journée merveilleuse, un vrai mercredi idéal, Magali avait pu écouter dix-sept fois son disque avant que sa mère ne demande grâce, elle avait pu lire pour la quatrième fois son *Club des cinq*, elle avait remélangé ses poupées pour les remettre dans l'ordre, elle avait reraconté l'histoire du Petit Chaperon rouge à son ours qui l'avait oubliée, elle avait remis à Corine son pull habituel, elle avait pu réécouter son disque pendant que sa mère faisait les courses et son diable de père venait de tout gâcher.

En lui racontant *Les Trois Petits Cochons*, comme tous les soirs, il avait fait exprès de lui dire que la maison était en pierres alors que toutes les autres fois, elle était en briques et, en plus, il faisait semblant de ne pas comprendre pourquoi elle pleurait.

Le soutien-gorge

Chez Adeline, on parlait volontiers de Dieu, de Jésus-Christ et de la Vierge Marie, on parlait aussi des fleurs, du travail de l'école et de ce que la vie donnait à découvrir au jour le jour. Il y avait toujours, ici ou là, à table ou au jardin, une oreille pour écouter et une langue pour bavarder. L'oreille était mieux disposée que celle que le vieux curé tendait à la grille du confessionnal et la langue moins solennelle que celle du prêtre en chaire. On s'entendait bien.

Personne, dans la maison, ne disait jamais rien, par contre, de la façon dont poussent les poils et les seins et personne n'expliquait aux petites filles qu'un jour elles saigneraient sans s'être fait mal.

Adeline connaissait très bien l'Enfer et le Diable ; elle s'était fait des deux de saisissantes images qui l'incitaient à la sagesse et lui provoquaient de surprenants frissons dans le dos. Assise en tailleur au milieu de l'énorme édredon écru du lit de la chambre du haut, elle établissait le compte de ses imaginations aussi sérieusement qu'elle récitait ses prières ; les yeux clos et les mains posées à plat sur sa poitrine, elle laissait son buste et sa tête dodeliner doucement et soufflait par le nez une mélopée en battant la mesure avec les coudes, comme s'ils étaient les ailes d'un ange qui aurait rêvé du diable.

Elle était dans cette position-là lorsque sa grand-mère lui apporta son premier soutien-gorge.

— Voilà ton soutien-rien, lui dit-elle en lançant le petit paquet sur l'édredon.

— Aide-moi.

Adeline retira son pull et regarda ses seins. Depuis quelque temps, les aréoles avaient rougi et gonflé, elles dépassaient bien d'un bon centimètre au-dessus des côtes. Elle tira le soutien-gorge du sac en papier. Il ressemblait aussi peu que possible aux balconnets provocants qu'elle voyait dans les magazines, mais c'était bien un soutien-gorge. Elle étudia un instant le crochet de fixation et enfila les brides. Soigneusement, elle plaça les petits bonnets sur ses seins et sa grand-mère dut l'aider à glisser l'agrafe dans la ganse élastique.

— Il faudra t'entraîner.

Ça la faisait sourire et hocher la tête. Elle avait aussi une manière de plisser les lèvres qui en disait long sur ce qu'elle pensait des idées du docteur de l'école.

— Tu remettras ton pull, il fait froid.

Elle prit la pochette de papier, la froissa en boule, la glissa dans la poche de son tablier et redescendit à la cuisine.

Adeline se dressa sur le lit pour se voir dans la glace de l'armoire. Elle bomba le torse, voulut faire un tour sur elle-même et s'embrouilla les pieds dans l'édredon. Elle tomba. Assise à nouveau, elle regarda ses seins.

Le soutien-gorge les faisait paraître plus gros. Elle glissa les doigts sous les brides, comme elle l'avait vu faire à sa mère et se caressa la poitrine pour mettre les bonnets bien en place. Elle bougea les bras et les épaules, inspira un long coup pour s'assurer qu'elle n'était pas trop serrée et repassa son pull. Sous la laine, le soutien-gorge faisait encore plus d'effet : elle avait vraiment des seins, cette fois. Comment les gens allaient-ils l'appeler désormais ? Mademoiselle ?

Elle reprit sa position en tailleur, referma les yeux, mais les images ne revinrent pas, elle resta donc immobile, les mains posées sur les genoux.

Pataud jappa, en bas, dans le corridor, la porte grinça, les talons des sabots suédois claquèrent sur le carrelage puis tapèrent lourdement sur les marches de l'escalier de bois.

« La grosse Josiane », pensa aussitôt Adeline.

La grosse Josiane passait toujours pour dire bonjour. Elle était trop ample et trop gentille pour se satisfaire de sa propre existence, elle voulait toujours savoir comment allaient les autres, débordait de bonté, pleurait avec les tristes, riait avec les gaies et goûtait avec tout le monde. C'était la copine parfaite, prête à organiser les pique-niques, prête à faire le numéro deux n'importe où, infatigable.

Elle entra dans la chambre, à bout de

souffle et radieuse. Elle remonta la mèche de cheveux collée sur son front.

Adeline cambra aussitôt les reins.

Josiane se laissa tomber sur l'édredon, le sommier grinça, Adeline sursauta.

— Je suis crevée, dit Josiane. Thérèse et Madeleine ne pourront pas venir.

Elle remarqua immédiatement qu'Adeline avait un soutien-gorge mais elle chercha pendant un moment ce qu'elle devait dire pour lui faire plaisir.

Adeline cambrait un peu plus les reins, déjà déçue.

Il était trop tard pour faire un « oh » d'étonnement en secouant les doigts. Elle ne pouvait pas lui dire non plus « comme tu as de la chance » puisqu'elle portait elle-même un soutien-gorge depuis bientôt un an. Elle ne pouvait pas non plus lui dire platement « toi aussi », ç'aurait été se mettre trop en évidence.

Adeline faisait semblant de regarder quelque chose par la fenêtre, appuyée sur un bras, elle étirait le cou et tendait désespérément les seins.

Si elle lui disait simplement « tiens, tu as un

soutien-gorge » ce serait trop banal, mal proportionné à l'événement ; tout comme « allez, arrête ton cirque, je l'ai vu ton soutien ! » serait vulgaire et somme toute peu amical.

Adeline tourna brusquement la tête et regarda Josiane droit dans les yeux. Elle avait son œil méchant.

La grosse ouvrit la bouche pour dire n'importe quoi tout de suite mais rien ne sortit, un énorme sanglot lui monta dans la gorge. Rien d'autre ne comptait pour elle que d'être gentille et elle ne pouvait pas supporter l'idée de n'être pas toujours aimée. Elle tendit la main pour chercher une aide, un appui, un peu de chaleur et ses gros doigts qui ressemblaient à autant de petites saucisses touchèrent sans le vouloir le sein droit d'Adeline. Son visage s'illumina aussitôt et Josiane eut l'impression que le sein se tendait un peu pour une caresse. Elle le caressa donc. Le soutien-gorge était dur sous la laine du pull.

— Tu me le fais voir ?

Adeline leva le bas de son chandail et découvrit le soutien-gorge. Josiane l'aida et dans son empressement la força à retirer le pull complètement.

— Il est très bien.

— Je ne le sens presque pas.

Josiane passa et repassa la main sur les bonnets. Adeline était heureuse, il n'y avait plus aucune ombre dans son regard et elle acceptait l'inspection de Josiane avec gratitude. Josiane s'y connaissait, elle apprécia la finesse des brides, elle glissa même un index sous la bande élastique pour en éprouver la souplesse. Adeline s'était dressée sur les genoux et laissait pivoter son buste au gré de la fantaisie de sa grosse copine qui était pivoine de bonheur et soufflait de plus en plus fort.

— Tourne-toi... Le mien ne se ferme pas comme ça, c'est un simple crochet.

— Tu l'aimes ?

— Celui-là doit tenir mieux... Attends.

Pour voir, Josiane libéra l'agrafe, et le caoutchouc neuf en se détendant d'un coup sec lui échappa. Elle rit et Adeline se retourna face à elle en riant elle aussi.

— Ça ferait une bonne fronde !

— Regarde, tu as une marque rouge.

Adeline se rassit sur ses talons et regarda.

L'index de Josiane courait sur la trace laissée par l'élastique juste sous sa poitrine.

— Je ne sens rien.

L'index remonta sur l'aréole du sein gauche, léger, doux, puis tourna lentement sur l'extrémité rose. L'index gauche rejoignit le sein droit et lui donna une caresse parallèle.

Adeline eut l'impression que sa poitrine durcissait. Un frisson lui courut du ventre au menton. Elle inspira par le nez et ses lèvres restèrent fermées dans un sourire de bien-être.

Josiane posa franchement ses paumes sur les seins, le bout de ses doigts effleurait la peau presque sous les aisselles. Adeline entendait le souffle pressé de sa copine et ne voyait que le sommet de son crâne ; le soutien-gorge pendait dans le vide, comme un rideau devant les mains, elle ferma les yeux.

Ce qu'elle vit alors la bouleversa tant qu'elle resta pétrifiée, abandonnant son buste à Josiane. Elle vit la grotte habituelle, elle devina, au fond, les hautes flammes rouges montées du ventre de la terre, elle vit les kobolds, les elfes, les écureuils couleur de suie, elle vit les épées, les fourches, les tridents, les éclairs. Elle entendit des éclats de voix. La terre devant la grotte grilla. Les animaux, malades de terreur, s'enfuirent. Le Diable, habillé comme Batman avec des cornes et une queue, sortit de la grotte, sa longue cape rouge grêlée de flammèches. Il s'approcha d'elle et la prit dans ses bras. La tête renversée et la chevelure balayant le sol, elle lut à l'envers la pancarte « Enfer » au-dessus de l'entrée de la caverne. A l'intérieur, elle vit, toujours à l'envers, le vieux curé qui rigolait en faisant sauter sa mère livide, comme sur la photo, sur ses genoux et sa grand-mère qui tendait les bras et dont les larmes à peine sorties de ses yeux gris s'évaporaient à la chaleur des flammes. Elle commença l'incroyable descente dans l'escalier tortueux qui ne finirait jamais. Les ongles pointus du diable s'incrustaient sous sa poitrine. Elle était perdue et ne faisait que commencer l'infernal chapelet des cent millions de douleurs.

Josiane, déroutée par tant d'immobilité, ne savait plus trop que faire de ses caresses. Elle reprit ses mains, les frotta sur sa jupe et comme Adeline ne bougeait toujours pas, se leva, dit « Bon, il faut que j'y aille », et partit.

Les marches craquèrent, les sabots claquèrent, Pataud jappa, la porte claqua, Adeline remit convulsivement son soutien-gorge en place, enfila son pull, croisa les bras pardessus et resta prostrée jusqu'au retour de sa grand-mère.

Pendant vingt jours et vingt nuits, elle tint bon et ne quitta pas son soutien-gorge. Elle faisait sa toilette en l'entrebâillant. Il se ternit, il se salit.

Le vingt et unième matin sa grand-mère s'en rendit compte, se mit en colère et gronda. Adeline baissa la tête.

Elle fut sévèrement punie et se sentit aussitôt mieux.

L'enfance grise

Madeleine venait d'avoir sept ans lorsque Mme Wasserman la surprit en train de caresser un oiseau mort.

Elle rentrait de l'école par la route de Saint-Vincent en se hâtant, de peur d'un nouvel orage, et s'était arrêtée brusquement au bord du fossé. Mme Wasserman l'avait repérée de loin et était descendue de son vélo, exprès.

La fillette tenait le pigeon sur sa paume gauche et le caressait de la main droite. La petite tête grise du cadavre pendait entre son pouce et son index.

Madeleine avait posé son cartable dans une flaque et s'était assise, sans ménagement pour sa cape noire, sur le talus trempé.

Le vent venait de tomber et les nuages noirs semblaient descendre peu à peu jusqu'aux toits du village, à droite. Le goudron brillait gris. Mme Wasserman s'arrêta de l'autre côté de la route, son vélo à la main, et Madeleine baissa les yeux sur le pigeon.

— Pose ça dans le fossé! hurla la vieille.

Madeleine la détestait. Tout le monde savait à l'école qu'elle était une sorcière ignoble qui avait mangé des enfants et déclenché des guerres; son mari était malade de malheur et son fils s'était enfui de la maison avant qu'il ne fût trop tard.

— Pose ça, c'est sale!

La petite fille leva les yeux, comme pour figer la vieille, glissa le pigeon sous sa cape et partit en courant.

Les mollets nus faisaient sauter le bas de la cape et la petite silhouette noire disparut dans l'allée du parc qui prenait tout de suite à droite.

— Ton cartable!

Madeleine ne resta pas dans l'allée de gravier, elle ne voulait pas risquer d'être prise en chasse par la vieille à vélo. Elle emprunta sur le côté le petit chemin de terre battue qui la déroba aussitôt aux regards. Elle longea le haut mur d'enceinte, tapissé par le lierre.

La pluie s'était arrêtée un quart d'heure plus tôt et les arbres dégouttaient. Elle remonta son capuchon, enfonça la tête dans les épaules et cessa de courir.

Le ciel était si gris que sous le couvert des arbres il faisait presque nuit.

Madeleine atteignit le point où le chemin se noie dans l'herbe. Elle tira le pigeon de son abri pour avoir plus d'aisance dans ses mouvements et écarta les lourdes branches basses du cèdre. L'herbe mouillée perlait ses chaussures vernies noires de minuscules gouttelettes rondes.

Elle rejoignit un autre sentier qui la conduisit jusqu'à sa cabane.

C'était une remise qui servait autrefois au jardinier. La peinture grise s'écaillait et le lierre bloquait la fenêtre, mais l'ensemble paraissait robuste et la porte d'entrée avait un verrou neuf qui brillait comme de l'or.

Devant la façade, on avait abandonné un banc de jardin en bois vert. Madeleine s'y laissa tomber. Elle ôta son capuchon, secoua ses longs cheveux et déposa le cadavre du pigeon à côté d'elle.

Elle ferma les yeux et souffla.

Madeleine vivait une enfance grise.

Comme elle l'avait entendu répéter cent fois à mi-voix par les adultes, dès après la messe d'enterrement, elle avait « perdu » sa maman, mais elle savait très bien qu'il ne servait à rien de la chercher.

La tante qui l'avait recueillie après le décès et qui l'hébergeait avec sa sœur aînée dans la grande demeure, disait volontiers qu'elle était une enfant « difficile ». Elle disait « difficile » et pensait « bizarre ». Ne l'avait-elle pas surprise, couchée sur le dos, faisant la morte dans le massif de soucis du jardin ?

Madeleine refusait depuis le premier jour la maison. Sa tante lui avait attribué une vaste chambre qui donnait sur le parc. Madeleine haïssait l'immense fenêtre qu'elle ne parvenait pas à ouvrir seule, détestait la cheminée de marbre, vivait yeux fermés pour ne pas voir les rayures du papier peint, se ramassait, minuscule, dans le lit double, et n'acceptait de faire ses devoirs que sur la table de la cuisine. Les nuits sans la respiration de sa sœur dans le lit voisin s'étiraient, interminables, et les longues heures de guet nocturne chassaient l'ardeur de ses journées.

La tante s'inquiétait, le médecin diagnostiquait : Madeleine avait été « choquée ».

Pour respecter son goût du silence et son besoin de paix, sa tante lui avait donné la cabane du parc. On y avait posé une serrure neuve dont Madeleine possédait l'unique clef. La petite fille était là chez elle. Elle s'y réfugiait deux heures chaque jour après l'école et c'était là qu'elle rangeait sa collection.

Madeleine dut se lever du banc pour prendre la clef dans la poche de sa cape. Elle s'approcha de la porte de la cabane, se haussa sur la pointe des pieds et glissa la clef dans la serrure. Elle la fit tourner deux fois et revint près du banc. Elle dégrafa le crochet qui tenait la cape serrée autour de son cou, dénoua son foulard mauve et s'en masqua la bouche et le nez. De toutes ses forces elle le serra et le noua sur sa nuque.

Avec mille douceurs, elle reprit le cadavre du pigeon dans ses mains en conque.

— Viens, bel oiseau mort, murmurait-elle à travers la laine de l'écharpe.

Elle aspira une longue bouffée d'air

réchauffé, retint sa respiration et ouvrit la porte.

Dès qu'elle fut entrée, elle la repoussa du pied, posa le pigeon sur l'établi. Elle eut un haut-le-cœur et un frisson agita la cape. Elle surmonta son dégoût et refit l'inventaire rituel de ses richesses. Jamais elle ne serait sortie de la cabane sans avoir nommé et désigné chaque pièce de sa collection. Il y avait là un bouquet de feuilles mortes, une plante sèche dans un pot plein de terre craquelée, une branche nue, un caillou, un crâne de mouton, un disque de Mort Shuman et un livre qu'elle n'avait pas encore lu mais qui avait un si beau titre : *L'Ane mort et la femme guillotinée* ; à l'été, elle serait assez forte en lecture pour l'entamer. Mais elle considérait cette première série d'objets comme le tout-venant comparé aux perles alignées sur l'établi.

Elle regarda son poisson rouge séché.

— Poisson mort.

Puis le nouveau venu.

— Pigeon mort.

Et enfin, son chat.

Il avait une plaie énorme à la tête et une

patte avant brisée. A côté de lui se trouvait une pierre tachée de brun. Le cadavre était là depuis plusieurs jours déjà et commençait à se décomposer. C'est à cause de son odeur que Madeleine plaçait son foulard comme un masque.

Elle le regarda avec insistance, murmura : « Chat mort », puis hurla brusquement, comme pour prévenir une accusation, en rejetant tout l'air qu'elle avait retenu dans ses poumons :

— Il respirait à peine !

Elle fit volte-face, sortit, claqua la porte et inspira un long coup. Son visage était congestionné. D'un geste sec, elle rabattit le foulard. Lorsqu'elle eut repris son souffle, elle donna un double tour au verrou, glissa la clef dans sa poche et se dirigea vers la maison.

Elle emprunta le chemin de derrière et entra directement par la cuisine. La cuisinière lui annonça aussitôt que sa tante l'attendait dans le salon rose. A voir sa tête, Madeleine comprit qu'il y avait un drame dans l'air.

Elle prit le temps de faire le tour de la longue table en laissant courir son index sur le rebord, puis, sans penser à ôter sa cape noire, entra dans le salon.

Sa tante était assise sur le sofa, dans la tache lumineuse du lampadaire. Elle feuilletait une revue.

En voyant entrer Madeleine, elle décroisa les jambes et se leva. Elle se pencha ensuite pour ramasser le cartable posé près d'elle.

— Madeleine, voici ton cartable. Il paraît que tu l'avais abandonné dans une flaque en rentrant de l'école.

Madeleine regarda son cartable, indifférente, puis leva son regard vers celui de sa tante.

— Tes livres et tes cahiers sont trempés.

Elle les sortit un à un et les laissa tomber sur le sofa. Ils étaient hors d'usage. Madeleine les regarda sans bouger.

— C'est Mme Wasserman qui a tout rapporté.

La tante dégoûtée laissa tomber le cartable sur le tapis.

— Tu vas descendre au village pour la remercier.

Madeleine ne baissa pas les yeux et fit simplement non de la tête.

— Elle a pris la peine de monter jusqu'ici à vélo, tu dois aller la remercier.

Madeleine secoua la tête à nouveau.

La tante resta un long moment silencieuse, espérant que la petite fille allait changer d'avis. Elle ne changea pas.

Madeleine baissa les yeux pour regarder la pointe de ses chaussures enfoncées dans la laine épaisse du tapis puis les releva très vite.

Brutalement, la tante cria :

— Tu vas y aller ou tu seras punie.

Madeleine secoua frénétiquement la tête, ses longs cheveux noirs venaient lui fouetter le visage. Il y avait une telle violence dans son mouvement que la tante se radoucit.

— Augustine va t'accompagner.

Madeleine continuait à se saouler de son mouvement. Sa tante lui posa la main sur la tête pour la faire cesser.

— Tu préfères y aller avec ta sœur ?

Madeleine serra les mâchoires, plissa les paupières, plongea son regard dans celui de sa tante et ne répondit pas. Elles s'affrontèrent un long moment en silence et la tante céda la première. Elle demanda simplement :

— Pourquoi ?

Madeleine reprit insensiblement son mouvement de tête.

Hors d'elle, la tante décida de faire un exemple, elle se redressa et tendit la main.

— La clef !

Une boule remonta aussitôt dans la gorge de Madeleine, des larmes lui piquèrent le bord des yeux mais aucune ne coula au-dehors. Elle écarta le pan de sa cape, prit la clef dans sa poche et la tendit.

Dans l'obscurité de la pièce, la tante ne voyait plus que le reflet doré de la clef et le double éclat des yeux noirs.

Rapidement, comme si elle avait honte, elle arracha la clef et la fit disparaître.

Une larme bascula sur la joue de Madeleine. Elle ne renifla pas, elle ne l'essuya pas. Après un ultime temps de silence, elle fit demi-tour pour regagner sa chambre. Elle n'alluma pas l'électricité dans le couloir.

En gravissant l'escalier, elle décida de devenir *vraiment* triste et d'avoir toujours les yeux cernés.

La robe

La petite fille a des souliers vernis avec le bout rond et une bride sur le dessus. Elle a aussi des socquettes blanches en nylon, bien tendues sur les chevilles. Elle tient les pointes de pieds un peu en dedans, comme les petites filles sages.

Ses jambes rondes sont nues, légèrement brunies par le soleil et ses genoux n'ont pas d'écorchures.

Elle porte une petite culotte blanche qui lui monte assez haut sur le ventre. Jusqu'au nombril, presque. Sur sa poitrine, la petite médaille en or est tournée du mauvais côté, celui de la date.

Elle ferme les yeux bien fort et lève les bras au-dessus de sa tête.

La robe glisse jusqu'aux mollets.

— Attention !

— Là, voilà, tire-la un peu par en bas.

Les quatre mains s'affairent.

— Baisse les bras maintenant.

Elles parlent tout doucement, comme s'il y avait un secret.

— Attrape la ceinture pendant que je boutonne derrière.

Deux mains disparaissent.

Les autres doigts glissent les petits boutons perlés dans les ganses fines. Les boutons brillent jaune.

Dehors, c'est l'été. Dedans, c'est l'ombre des volets fermés avec des rais de soleil qui rusent dans les fentes, qui jouent sur les lattes du parquet et font briller les boutons.

La petite fille tient son cou bien droit, on ferme le petit col officier de dentelle blanche.

— Si ça serre trop on pourra avancer le bouton.

— Mais non, regarde...

Les voix sont douces, toujours, mais tendues, impatientes.

— Qu'est-ce qu'elle est belle !

— Une vraie poupée.

— Attends, refais-moi ce nœud.

Les deux mains sont revenues. Elles reprennent la ceinture de velours rose et refont une boucle plus lâche, un peu décalée sur le côté. Elles hésitent, elles tapotent la boucle, espérant on ne sait quel désordre magique.

— Tu trouves que ça va, l'épaule, comme ça ?

— Attends. Tourne-toi un peu pour voir.

La petite fille se tourne, raide, avec des mouvements de pieds minuscules.

— Regarde.

Deux mains remontent un peu l'étoffe vers l'épaule. Après, elles descendent vers la taille et le long des jambes, pour le plaisir. Les deux autres mains viennent pour faire d'autres plis.

— Viens voir.

Les mains disparaissent et on entend quelques pas sur le plancher qui craque.

— Comme tu es belle!
— Allez, dépêchons-nous de la coiffer, elle va être en retard. Passe-moi le velours.

La petite fille reste toujours bien droite, même quand le peigne tire un peu dans ses grands cheveux noirs. Les mains font très attention à ce que les cheveux arrachés ne tombent sur la robe.

— On aurait dû lui faire des anglaises.

— Ça ne tiendra jamais avec sa tignasse. Tourne-toi que je te fasse la frange.

— Tiens bien la mèche, je vais nouer le ruban.

Que faire de ses mains ? Elle n'ose pas les laisser aller contre la robe de peur de la salir. Elle ne peut pas non plus croiser les bras, cela fait des plis aux épaules. Elle n'arrive même plus à se rappeler ce qu'elle fait de ses mains d'habitude, quand elle n'a pas la robe.

— Passe-moi les ciseaux, je vais couper le bout de son épi.

On dirait que la robe n'est pas vraiment en tissu. On la sent frotter de partout. Elle n'est pas trop étroite pourtant, c'est peut-être parce qu'elle est longue.

— Ça y est. Tu peux aller te regarder dans la glace.

C'est donc ça la jolie robe.
La jolie robe qui fait les jolies petites filles.

Elle est belle, en dentelle, avec son col qui monte bien haut. Elle est belle avec sa ceinture rose assortie au nœud dans les cheveux et ses grands volants qui descendent si bas.

En regardant bien, on voit qu'elle n'est pas aussi blanche qu'elle pourrait être — pas tout à fait aussi blanche que les socquettes par exemple. En regardant bien, elle est vieille comme l'armoire à glace, comme la maison. La petite fille ne se reconnaît plus vraiment dans toute cette mousse, elle ne se sent pas vraiment à son aise non plus. Ce doit être ça, être belle.

> — Tu vois comme les enfants grandissent, ma grand-mère la portait à onze ans. C'est fou.
>
> — Tu te plais ?

La petite fille ne répond rien. Elle a peur de bouger, ne serait-ce que les lèvres.

Elle lève un peu les bras et écarte bien les doigts. Les mains viennent lui glisser les gants blancs en dentelle assortis. Elles s'énervent un peu parce qu'on ne doit pas mettre l'index et le majeur dans le même trou.

Le ciel a bien fait les choses : il a fait la pluie avant le soleil. Tout est propre à présent et les flaques brillent au bord des rues. Le cantonnier a bien travaillé lui aussi. Pendant l'heure du déjeuner, il a balayé les petits tas de légumes qui restent toujours du marché et qui d'ordinaire attendent jusqu'au soir.

La vieille mairie en pierre avec ses beaux volets vernis a reçu vingt grands drapeaux pour décoration. Devant l'église, il reste encore un léger tapis de pétales de roses.

Et sur la place, il y a les manèges de la fête, parce que c'est la fête et qu'il n'y a pas de fête sans manège.

La petite fille a fait déjà deux cents mètres en donnant les deux mains. Elle commence à peine à oser toucher le tissu de la robe avec les genoux. C'est comme si elle se cognait.

Maintenant qu'elle arrive sur la place, elle se raidit à nouveau. Les mains serrent un peu plus fort.

C'est le moment.

Il y a déjà du monde.

Elle n'ose pas lever les yeux et ne voit devant elle que des robes, des pantalons, des tabliers et n'entend que des voix qui viennent d'en haut.

— Comme elle est belle !
— Tu te rends compte que je te l'ai vue porter à toi, cette robe ! Ça fait combien ?
— Vingt ans !
— J'étais avec ta mère aussi, le jour où elle la portait, mais j'étais trop petite et je ne m'en souviens plus.
— Venez voir comme elle est jolie.

Même le boulanger qui lui passe toujours la main dans les cheveux n'a pas osé ce coup-ci. Elle lâche une des deux mains et s'accroche un peu plus fort à l'autre.

— Tu as vu la petite fille comme elle est sage, elle. C'est pour ça qu'elle a une jolie robe.

Le premier à s'approcher, c'est Thomas. La petite fille le voit bien, il mesure exactement comme elle quand elle n'a pas son nœud. Il en perd le souffle, Thomas. Il mange une belle pomme trempée dans le sucre rouge et plantée sur un bâton. Il en oublie de mâcher. Le sucre coule en rigole sur son menton et tombe en goutte à goutte sur son tee-shirt.

— Allez, viens.

La main l'entraîne plus loin. Les gens s'écartent lorsqu'elle arrive, pour mieux voir. Ils ne regardent même plus le manège où tournent leurs enfants.

Julien est debout sur une soucoupe volante.

— On lui achètera une pomme et elle la mangera ce soir au dessert, sinon elle va se tacher.

— On prendra des pralines aussi.

Une main descend presque jusque par terre parce que la robe s'est un peu retournée en bas.

Yvan a mis le petit Pierre sur le rebord du tir, à genoux. Il tend tellement son pantalon, dans cette position, qu'on lui voit le début de la raie des fesses — il est rigolo. Dans la bouche, il a une grande chique, torsadée, qui bute contre la carabine. Il ferme l'œil et vise le cœur du Mickey.

La petite fille est sûre que si elle essayait, elle réussirait du premier coup.

— Si tu veux, on va refaire le tour de la place, après, on ira boire une limonade au café et on rentrera.

Elle tombe nez à nez avec Gilles. S'il l'avait reconnue, il aurait fait un détour pour ne pas la croiser. Il est très timide et elle a l'air d'une mariée.

Elle lui sourit en penchant un peu la tête ; il tend la main doucement et lui effleure la joue. Il part. La petite fille lève les yeux vers les mains.

— Je veux voir le manège.
— Fais attention aux flaques, tu vas salir tout le bas.

La petite fille a mal partout. Elle se sent dure avec des crampes, comme quand elle a trop couru et trop nagé.

— Quelle élégance ma chère, on en mangerait.

Avec la musique des manèges et tous ces gens autour, elle a un peu l'impression d'être dans un film. Stéphane passe à côté de la table du café en courant, il ne la voit même pas. Il a six sucettes géantes à la main ! Six !

Elle est assise du bout des fesses et elle a l'impression que chaque gorgée de limonade a du mal à passer derrière le petit col serré.

— Tu t'es bien faite belle aujourd'hui.

Il faut sourire, c'est maman qui l'a dit, et se remettre en route. A présent, ils sont tous sur le manège.

— Quelle bonne journée ! Rentrons maintenant, elle doit être épuisée...

La petite fille sait qu'une fois passée la fontaine, le bruit de la fête ira en diminuant.

Elle sait aussi que ce sera fini jusqu'à l'année prochaine.

Tout doucement, elle glisse ses doigts hors des gants blancs. Lorsqu'elle sent que ça vient, elle tire d'un coup sec en arrière.

Les gants restent, vides, dans les deux mains.

Elle file sur le côté.

D'abord, quitter la robe en se moquant des ganses.

Arracher ensuite le nœud dans les cheveux.

Quitter les chaussures sans défaire la bride.

Quitter les socquettes et la petite culotte.

Tout laisser là, en tas, derrière la fontaine.

Sauter à pieds joints dans la flaque pour se rafraîchir et courir vers le manège, et grimper sur le grand cheval avant que le tour ne commence.

Se pencher sur le scooter de Thomas et mordre dans sa pomme d'api.

Avoir les fesses à l'air, la figure barbouillée de rouge et attraper le pompon.

DU MÊME AUTEUR

Aux Éditions Gallimard

L'ÉQUILATÈRE. Gallimard, 1972.

En collaboration

Oulipo : LA LITTÉRATURE POTENTIELLE. Gallimard, 1975.

Oulipo : ATLAS DE LITTÉRATURE POTENTIELLE. Gallimard, 1981.

Chez d'autres éditeurs

CLEFS POUR LA LITTÉRATURE POTENTIELLE. Denoël, 1972.

L'HISTOIRE VÉRITABLE DE GUIGNOL. Federop, 1975. Slatkine, 1981.

LES AVENTURES TRÈS DOUCES DE TIMOTHÉE LE RÊVEUR. Hachette, 1978.

LES GROSSES RÊVEUSES. Le Seuil, 1982. Points-Seuil, 1991.

UN ROCKER DE TROP. Balland, 1983. Folio-junior, 1986.

LES ATHLÈTES DANS LEUR TÊTE. Ramsay, 1988. Points-Seuil, 1994.

UN HOMME REGARDE UNE FEMME. Le Seuil, 1994.

En collaboration

Avec Jacques Roubaud : L'HÔTEL DE SENS. La Bibliothèque oulipienne n° 10.

Sous la direction de Paul Fournel

LES MARIONNETTES. Bordas, 1986.

COLLECTION FOLIO

Dernières parutions

2495.	Josyane Savigneau	*Marguerite Yourcenar (L'invention d'une vie).*
2496.	Jacques Sternberg	*Histoires à dormir sans vous.*
2497.	Marguerite Yourcenar	*Mishima ou la vision du vide.*
2498.	Villiers de l'Isle-Adam	*L'Ève future.*
2499.	D. H. Lawrence	*L'Amant de Lady Chatterley.*
2500.	Collectif	*Mémoires d'Europe I.*
2501.	Collectif	*Mémoires d'Europe II.*
2502.	Collectif	*Mémoires d'Europe III.*
2503.	Didier Daeninckx	*Le géant inachevé.*
2504.	Éric Ollivier	*L'escalier des heures glissantes.*
2505.	Julian Barnes	*Avant moi.*
2506.	Daniel Boulanger	*La confession d'Omer.*
2507.	Nicolas Bréhal	*Sonate au clair de lune.*
2508.	Noëlle Châtelet	*La courte échelle.*
2509.	Marguerite Duras	*L'Amant de la Chine du Nord.*
2510.	Sylvie Germain	*L'Enfant Méduse.*
2511.	Yasushi Inoué	*Shirobamba.*
2512.	Rezvani	*La nuit transfigurée.*
2513.	Boris Schreiber	*Le tournesol déchiré.*
2514.	Anne Wiazemsky	*Marimé.*
2515.	Francisco González Ledesma	*Soldados.*
2516.	Guy de Maupassant	*Notre cœur.*
2518.	Driss Chraïbi	*L'inspecteur Ali.*
2519.	Pietro Citati	*Histoire qui fut heureuse, puis douloureuse et funeste.*

2520. Paule Constant — *Le Grand Ghâpal.*
2521. Pierre Magnan — *Les secrets de Laviolette.*
2522. Pierre Michon — *Rimbaud le fils.*
2523. Michel Mohrt — *Un soir, à Londres.*
2524. Francis Ryck — *Le silencieux.*
2525. William Styron — *Face aux ténèbres.*
2526. René Swennen — *Le roman du linceul.*
2528. Jerome Charyn — *Un bon flic.*
2529. Jean-Marie Laclavetine — *En douceur.*
2530. Didier Daeninckx — *Lumière noire.*
2531. Pierre Moinot — *La descente du fleuve.*
2532. Vladimir Nabokov — *La transparence des choses.*
2533. Pascal Quignard — *Tous les matins du monde.*
2534. Alberto Savinio — *Toute la vie.*
2535. Sempé — *Luxe, calme & volupté.*
2537. Abraham B. Yehoshua — *L'année des cinq saisons.*
2538. Marcel Proust — *Les Plaisirs et les Jours* suivi de *L'Indifférent* et autres textes.
2539. Frédéric Vitoux — *Cartes postales.*
2540. Tacite — *Annales.*
2541. Claude Mauriac — *Zabé.*

Composition Eurocomposition
et impression S.E.P.C.
à Saint-Amand (Cher), le 24 décembre 1993.
Dépôt légal : décembre 1993.
Numéro d'imprimeur : 3101.
ISBN 2-07-038820-4./Imprimé en France.

65762